BLUES POUR UN CHAT NOIR

et autres nouvelles

BORIS VIAN

Blues pour un chat noir
et autres nouvelles

Édition établie, présentée et annotée par Marc Lapprand

LE LIVRE DE POCHE

Le choix des textes et des illustrations a été assuré par
Nicole Bertolt et Marc Lapprand.

Professeur titulaire au département de français de l'Université de
Victoria (Canada), Marc Lapprand est spécialiste de Boris Vian et
de l'Oulipo. Il est également codirecteur, chez Fayard, de l'édition
critique de Boris Vian en 15 volumes (11 volumes sont déjà
publiés, les autres sont en préparation).

PRÉSENTATION

1945. La guerre la plus meurtrière de tous les temps – plus de 50 millions d'êtres humains y ont perdu la vie – vient de s'achever. L'Europe, encore à feu et à sang, découvre peu à peu que les limites de l'horreur ont été à nouveau repoussées : les survivants des camps de la mort reviennent, fantômes décharnés aux yeux vides, et l'on ne compte plus les disparus, mutilés, torturés ; l'effroyable malheur de toute cette portion de l'humanité trompée et humiliée, victimes effarées de « l'Histoire avec sa grande hache », comme dit Georges Perec[1]. Suprême couronnement de la folie meurtrière, les Américains larguent leurs deux bombes atomiques sur Hiroshima et Nagasaki (6 et 9 août 1945). Désormais, le monde a basculé dans une ère nouvelle où la science, dont on veut qu'elle nous offre le meilleur, est capable de nous procurer le pire.

Les intellectuels français essaient tant bien que mal de comprendre et rendre compte du second désastre mondial, séparé du premier à peine d'une génération. Sartre s'impose comme le chef de file de l'existentialisme, dans le sillage de la phénoménologie allemande (Husserl, Heidegger), et pose l'engagement pour principe auquel l'être-au-monde n'échappe pas. Selon lui, chacun est responsable de ses actes, et doit s'assumer comme tel. En revanche,

---

1. *W, ou le souvenir d'enfance*, Denoël, 1975, p. 13.

pour un romancier et moraliste tel que Camus, c'est à l'absurde que l'être humain est inexorablement confronté dans son existence, mais « il faut imaginer Sisyphe heureux ». Quelle ironie ! Les Français relisent aussi l'œuvre de Kafka, mais d'un autre œil, car la démence de sa fiction se rapprochait singulièrement de ces années noires, dont les stigmates nous hantent encore aujourd'hui.

À la Libération, l'avant-garde littéraire est représentée par Sartre, Camus, Beauvoir et Merleau-Ponty parmi les écrivains philosophes ; Queneau et Malraux se sont déjà imposés dans le renouveau romanesque, et la relève de la poésie a pour nom Michaux, Ponge, Supervielle et Prévert, dont le recueil *Paroles* connaît un immense succès (1946). Mais les Français découvrent aussi une nouvelle littérature en provenance des États-Unis, qui va bouleverser le panorama littéraire d'une manière durable. Certains écrivains sont déjà célèbres, comme Henry James, Dos Passos, Hemingway et surtout Faulkner, l'un des auteurs préférés de Vian. Or une autre déferlante arrive d'outre-Atlantique : Katherine Anne Porter, Erskine Caldwell, Horace McCoy, Carson McCullers et Henry Miller sont la nouvelle génération dont les romans sont rapidement traduits et diffusés sur le marché français. Le polar connaît parallèlement une vogue sans précédent, à laquelle Boris Vian n'est pas étranger, puisqu'il va lui-même traduire pour Gallimard plusieurs romans de Chandler, Cheyney et Cain, dont certains deviendront des classiques du genre parmi les tout premiers titres de la Série noire, la fameuse collection lancée par Marcel Duhamel en août 1944.

Si Vian participe de plain-pied à cette modernité en mouvance, c'est bien le jazz, une autre denrée venue elle aussi d'Amérique, qui détermine l'essence de sa

passion la plus profonde, et qui ne le quittera jamais.
C'est la ligne de force des cinq textes que nous allons
bientôt découvrir. Non seulement Vian perçoit dans le
jazz un style devançant tous les autres, mais aussi et
surtout il comprend à travers cette musique l'oppres-
sion et les brimades raciales vécues par les Noirs
d'Amérique qu'elle porte en elle. Boris aurait acquis
sa première trompette en 1934, à l'âge de 14 ans. Peu
à peu il découvre les grands noms du jazz : Bix Bei-
derbecke, trompettiste génial à la carrière fulgurante,
une sorte de modèle pour lui [1], mais surtout Ellington,
le « Duke », son maître absolu, dont il ne cessera de
chanter les louanges, jusque dans sa fiction. Chloé,
l'héroïne tragique de *L'Écume des jours*, n'est-elle
pas née d'un arrangement de Duke Ellington ?

Mais il y a plus encore. Le jazz était officielle-
ment interdit par les autorités nazies et le relais de
Vichy durant l'Occupation, il n'en devenait alors
que plus attrayant et provocateur. Ce fut l'arme des
zazous [2] – une arme qui ne tue personne, mais au
contraire incite plutôt à danser et jouir de la vie. Plus
tard, Boris se passionnera pour la musique de Dizzy
Gillespie, Charlie Parker et Miles Davis, parmi tant
d'autres. Mais il cesse de jouer définitivement de la
trompette en 1951, sur l'avis pessimiste des méde-
cins. Sa fragile condition cardiaque, remontant à des
troubles graves dont il avait souffert dès l'enfance,
le contraint à davantage de repos et de ménagements.
Cependant, depuis 1946, il collabore régulièrement
à *Jazz-Hot*, organe officiel du Hot Club de France ;

---

1. Au point qu'il traduit le livre de Dorothy Baker, *Young Man
With a Horn*, qui raconte de manière romancée la vie de ce trompettiste. *Le Jeune Homme à la trompette*, Gallimard, 1951.   **2.** Ce
terme désigne la jeunesse délurée et passionnée de jazz lors de la
Seconde Guerre mondiale, que Beauvoir dépeint d'une façon amu-
sée dans *La Force des choses*, Gallimard, 1963, tome 1, p. 90-91.

son enthousiasme et sa verve ne tarissent jamais pour cette musique qu'il vénère [1]. Devant son dégoût de la politique et ses atermoiements, son peu d'intérêt pour les institutions de tout poil qu'il ne manque jamais d'étriller joyeusement (l'armée, l'Église, l'école), son véritable engagement, c'est vers cette « musique de sauvages » – comme d'aucuns disaient [2] qu'il le tient. Et cette musique-là est devenue classique à sa manière ; Boris Vian n'avait donc pas été visionnaire, mais simplement lucide.

Si pour Vian le jazz est son oxygène, selon la formule de Gilbert Pestureau, il représente surtout une forme de liberté et de spontanéité que nulle autre musique ne peut offrir. Un morceau de blues, par exemple, se base sur une structure rigoureusement cyclique (main gauche au piano, basse, batterie), mais permet en harmonique l'improvisation et l'émergence de nouvelles mélodies impromptues et jamais tout à fait les mêmes. Or Boris, musicien lui-même, le sait et en extrait toute la saveur. J'aime à croire que la composition de ses nouvelles participe un peu de ce phénomène. La nouvelle est un texte court, un art de la concision qui exige précision et clarté, mais en même temps laisse toujours la place à un peu d'improvisation, ou d'inattendu. Comme à un morceau de jazz, la brièveté relative de la nouvelle lui confère une grande densité – peu de person-

1. Voir la partie VII, « Le jazz, son oxygène », de *Boris Vian, les amerlauds et les godons*, de Gilbert Pestureau, UGE, 1978, et la préface de Claude Rameil au tome 6 des *Œuvres complètes*, Fayard, 1999. **2.** Cet extrait d'une chronique de Vian publiée dans *Combat* le 25 mars 1948 est assez édifiant : « La police de tous les pays est décidément en bonne voie. Il n'y a pas si longtemps, en effet, qu'au concert de Dizzy Gillespie à Pleyel, des agents repoussaient à coups de poing les amateurs d'autographes en s'étonnant que des "civilisés" puissent s'intéresser à cette "musique de sauvages" » (*Œuvres complètes*, tome 7, 2000, p. 72).

nages, intrigue simple, chute tragique ou comique mais souvent contrastée – et l'écrivain s'y adonne avec une évidente jubilation. La nouvelle n'est généralement pas très à l'honneur dans la tradition littéraire française, Maupassant étant l'exception qui confirme la règle, et force est de constater, c'est en tout cas flagrant à son époque, que Vian fait cavalier seul dans ce genre beaucoup plus usité, en l'occurrence, dans le monde anglophone. Aucun de ses contemporains en France n'a en effet écrit autant de nouvelles que lui. Vian contredit ainsi cette tradition littéraire, lui qui en a signé plus de quarante, et cela semble aller dans le sens de ce rapprochement entre la nouvelle et le morceau de jazz.

*
* *

Boris Vian a écrit les cinq nouvelles de ce volume dans sa période littéraire la plus féconde, celle où se situe en effet la quasi-totalité de son œuvre romanesque, comprise grosso modo entre 1945 et 1950[1]. Cette sélection offre la perspective d'une Amérique tutélaire, rêvée et fantasmée par Vian qui n'y mit jamais les pieds, mais qui en côtoyait la culture de très près grâce à ses lectures, ses traductions, sans compter le jazz qu'il écoutait et pratiquait à sa « trompinette » avec un réel bonheur, et bientôt la science-fiction dont il se fera l'un des principaux introducteurs et traducteurs en France dans les années 50. On peut lire en filigrane l'appréciation que Vian avait des États-Unis, terre légendaire de la démesure, sur ses mœurs apparemment libres mais son idéologie encore puritaine ; sa fréquentation des

---

1. *Œuvres complètes*, Fayard, tomes 1 à 5, 1999 et 2000.

G.I.'s démobilisés lui fait découvrir une réalité crue et parfois des choses étonnantes, comme par exemple le fait que, contrairement à ce que lui et ses amis pensaient, l'Américain moyen n'y connaît à peu près rien en jazz, musique pourtant bien américaine. Ce paradoxe ironique était hélas lié à des questions raciales, le jazz étant bien sûr une musique inventée et jouée par les Noirs. Lorsqu'il fabrique en 1946 l'écrivain postiche Vernon Sullivan, auteur de *J'irai cracher sur vos tombes*, bête noire – si j'ose dire – des éditeurs américains qui en refusent l'édition aux États-Unis, c'est assurément une manière pour lui de se poser en défenseur de la race noire face à cette aberration qu'est le racisme, quelles qu'en soient les formes.

Parmi ces nouvelles « américaines », les trois premières ont pour cadre la capitale française, passablement américanisée dans *Blues pour un chat noir* par la présence de soldats yankees et dans *Martin m'a téléphoné...* par celle de plusieurs musiciens et autres personnages de même provenance. Les deux dernières nouvelles, *Le Rappel* et *Les Chiens, le désir et la mort*, racontent chacune une histoire qui se passe entièrement à New York. Or toutes les cinq font référence au jazz. Deux titres renvoient directement à un morceau connu : *Blues for a Black Cat*, et *Crayfish* (écrevisse). Un *Black Cat*, en *jive*, ou argot des Noirs, est un Noir branché (*Cat* désigne depuis les années 20 un jazzman), ce qui convient assez bien au matou entreprenant de la nouvelle, tandis que le héros de *L'Écrevisse* s'appelle Jacques Théjardin, francisation ludique du nom d'un tromboniste blanc, Welton « Jack » Teagarden (1905-1964). *Martin m'a téléphoné...* transpose une soirée musicale comme Vian a dû en vivre de nombreuses, et les termes techniques ainsi que les titres de morceaux abondent ; tandis que dans *Le Rappel*, la musique n'est qu'un fond sonore, et que dans *Les Chiens, le désir et la mort*, elle existe dans les clubs de jazz que fréquentent les musiciens et les chanteurs, dont Slacks, l'inquiétante héroïne.

Mis à part *Martin m'a téléphoné...*, où Roby, le narrateur, évoque Boris Vian, parmi plusieurs copains à lui, les quatre autres nouvelles se terminent par une chute tragique : le protagoniste vianien vit dans un monde où il est incompris et dans lequel il se sent comme un étranger, ce qui accentue son irrémédiable solitude. Dans cet univers singulier où les chats conversent avec les humains, les choses semblent animées d'une vie propre et participent à l'étrangeté ambiante. Par exemple, lorsqu'un passant vient prêter main-forte à Peter Gna pour sortir le chat de l'égout dans lequel il est accidentellement tombé, il utilise un bâton : « Mais devant l'entrée de l'égout, le bâton se raidit et le coude formé par la voûte empêcha de l'y introduire » (p. 28). La construction pronominale du verbe raidir nous donne vraiment l'impression que c'est le bâton qui refuse d'entrer dans la bouche d'égout. Cette forme d'animisme revient souvent dans la prose de Vian, et nous plie bon gré mal gré à un monde où les objets sont en constante interaction avec les personnages. Un autre aspect inhabituel, qui tient à la fois du fantastique et du rêve, est la possibilité du retour en arrière, telle que l'illustre, par exemple, le suicidé du *Rappel*, qui saute une première fois, puis fait une halte – une pause café ! –, et enfin remonte en haut de l'immeuble pour se jeter de nouveau dans le vide. Si vivre est plutôt problématique chez les personnages vianiens, on peut en dire autant de mourir. Or, malgré la détresse désespérée qui semble dominer ces personnages, comment explique-t-on que ces histoires puissent contenir en même temps de la drôlerie, de la cocasserie et une folle vitalité ? D'où vient ce mélange de tendresse et de violence, d'humour et de gravité, de ces contrastes savoureux qui nous font sourire ?

Pour Boris Vian, le langage est avant tout l'instrument d'un jeu. Dès son plus jeune âge, il pratiquait en famille et entre copains bouts-rimés et autres charades. Très tôt donc, Boris apprend à jouer avec les mots, et surtout à se jouer de leur sens premier. Dans sa dernière pièce de théâtre, *Les Bâtisseurs d'empire*, il fait proférer au père (Léon Dupont) vers la fin de la pièce cet aveu qui pourrait bien être le sien : « Car il y a des moments où je me demande si je ne suis pas en train de jouer avec les mots. (*Un temps – il regarde par la fenêtre.*) Et si les mots étaient faits pour cela[1] ? » Son œuvre entière n'en est-elle pas la démonstration flagrante ? Elle élabore un monde fictionnel où tout peut arriver, c'est le fameux « langage-univers » dont parlait Jacques Bens dans sa belle postface à *L'Écume des jours*[2], tant il est vrai que ce roman illustre à merveille cette propension ludique chez l'écrivain. Ici, c'est la première nouvelle qui en représente le meilleur exemple, on y relève notamment plus d'une dizaine de néologismes, comme « Euréchat » (p. 28) ou « siphonizer » (p. 34), ou d'inventions syntaxiques, telles que « l'apparemment concierge » (p. 26) ou « à ouïe d'oreille » (p. 29). Et dans *L'Écrevisse*, Jacques Théjardin est affligé d'une mauvaise « éclanchelle », maladie décidément aussi funeste que le nénuphar que Chloé attrape au poumon dans *L'Écume des jours*.

---

1. L'Arche, 1959, p. 75. À paraître au tome 9 des *Œuvres complètes* (Fayard). 2. U.G.E., collection 10/18, 1963.

La dernière nouvelle constitue à cet égard une exception notable, mais c'est parce que Vian la présentait sous le masque d'un alter ego, Vernon Sullivan, dont il se prétendait le traducteur. C'est pourquoi elle peut sembler décalée par rapport aux quatre précédentes. Dans *Les Chiens, le désir et la mort*, il n'y a de place ni pour l'humour ni pour l'inventivité verbale : on entre dans l'univers trouble de l'obsession sexuelle liée à la violence et au meurtre. C'est en effet grâce à sa dimension érotique que Vian avait ajouté cette nouvelle à son second roman signé Sullivan, *Les morts ont tous la même peau*, afin que le volume atteigne la longueur voulue par l'éditeur Jean d'Halluin.

Dans les deux premières nouvelles, les personnages s'expriment parfois en anglais (traduit le cas échéant en note), et le narrateur sème ici et là des termes anglais courants ou argotiques, pour ajouter une touche d'authenticité. L'ambiance générale reste cependant fortement teintée de bizarrerie, voire d'incongruité, même dans *Martin m'a téléphoné...*, où Roby, le narrateur, laisse parfois poindre une rare agressivité dans ses propos, notamment à l'égard de Heinz et de Martin, surtout vers la fin, au moment de la remise du cachet destiné aux musiciens. Parce que cette nouvelle transpose le vécu de l'auteur, c'est celle qui contient le plus de renseignements sur son mode de vie – musical du moins. Le narrateur étale son dédain envers certains prototypes américains – il faut dire que l'image des soldats yankees dans *Blues pour un chat noir* n'était pas des plus flatteuses, tandis que la bande des musiciens se rattrape sur la nourriture, qui leur faisait encore si cruellement défaut. Vian a rapporté comment lors de ces tournées ils s'en donnaient à cœur joie, après les années de disette de la guerre, dont le rationnement avait même perduré jusqu'en 1948-1949 pour certaines denrées. On peut facilement imaginer à quel point ils aimaient profiter d'une telle abondance, surtout après un concert plus ou moins apprécié.

On a vu que le langage devient pour l'auteur le terrain propice où il peut s'adonner à un pur jeu sur les sens et les sons, voire élaborer une esthétique de la prose, mais il est en outre l'instrument ultime de la liberté, de la puissance créative, d'une forme d'expression où l'imaginaire permet de transcender les limites connues, pour enfin s'évader de ce monde cruel où le destin des hommes semble trop souvent régi par le sabre ou le goupillon. Ces cinq nouvelles « américaines » témoignent du génie d'un écrivain méconnu de son vivant, amoureux de jazz et lucide sur sa pérennité, soucieux de faire éclater les cadres du sens et de la syntaxe, en nous proposant des histoires tendres et amusantes, ou tristes et cruelles, mais résolument placées sous le signe de la franche vitalité et d'une soif inextinguible de bonheur terrestre.

Notes sur les textes

Les cinq nouvelles se conforment à leur édition actuelle en *Œuvres complètes* (Fayard, tomes 2 et 5, 1999), telles que Gilbert Pestureau et moi-même les avions établies ; qu'il lui soit à nouveau rendu hommage pour le travail impeccable qu'il avait accompli autour de l'œuvre de Boris Vian.

Blues pour un chat noir, nouvelle initialement dédiée à « Jack Teagarden à cause de sa façon de jouer du trombone », date probablement de 1945, et parut dans le recueil *Les Fourmis*, aux éditions du Scorpion (1949), de même que *L'Écrevisse*, nouvelle datée du 15 juin 1946, reprise en 1948 (*Œuvres complètes*, Fayard, tome 2, 1999).

La chronique romancée *Martin m'a téléphoné...* a été composée en octobre 1945, et ne fut publiée qu'à titre posthume, dans le recueil *Le Loup-garou*, édité chez Christian Bourgois (1970), tandis que *Le Rappel*, dont la composition initiale date de 1946-1947, parut en annexe à *L'Herbe rouge*[1], dans *Les Lurettes fourrées*, chez Jean-Jacques Pauvert (1962, les deux nouvelles suivantes étaient *Les Pompiers* et *Le Retraité*) (*Œuvres complètes*, Fayard, tome 5, 1999).

Les Chiens, le désir et la mort a été écrit en janvier 1947, et parut avec *Les morts ont tous la même peau*, second roman signé Vernon Sullivan, aux éditions du Scorpion (1947). Boris Vian avait choisi comme titre initial « They begin with dogs », en indiquant à la suite sa traduction « On commence par tuer des chiens », mais pour finir opta pour le titre actuel (*Œuvres complètes*, Fayard, tome II, 1999).

Marc Lapprand.

---

1. Roman avec lequel elle entretient d'ailleurs une parenté étroite, dans la persistance de souvenirs inhibiteurs (cf. Wolf et sa machine à effacer les souvenirs).

BLUES POUR UN CHAT NOIR*

_____

* Cette nouvelle a été publiée par Le Livre de Poche dans le recueil _Les Fourmis_ (n° 14 782).

Boris Vian et son chat, Wolfgang Büsi von Drachenfels.
(C'est son épouse Ursula qui avait trouvé ce nom.)

Peter Gna[1] sortit du cinéma avec sa sœur. L'air frais de la nuit, parfumé de citron, faisait du bien après l'atmosphère de la salle, peinte en bleu d'Auvergne et qui s'en ressentait. Il y avait eu un dessin animé profondément immoral et Peter Gna, furieux, faisait des moulinets avec sa canadienne et abîma une vieille dame encore intacte. Des odeurs précédaient les gens sur les trottoirs. La rue, éclairée par des réverbères et les lampes des cinémas et des voitures, moutonnait un peu. Ça se tassa dans les ruelles transversales et ils tournèrent vers les Folies-Bergère. Un bar toutes les deux maisons, deux filles devant chaque bar.

— Tas de vérolées, maugréa le Gna.

— Toutes ? demanda sa sœur.

— Toutes, assura le Gna, je les vois à l'hôpital, et elles vous proposent quelquefois leurs fesses sous prétexte qu'elles sont blanchies.

Sa sœur en eut froid dans le dos.

— Qu'est-ce que c'est, blanchies ?

— C'est quand il n'y a plus de réaction Wassermann[2], dit le Gna. Mais ça ne prouve rien.

— Les hommes ne sont pas dégoûtés, dit sa sœur.

Ils tournèrent à droite et tout de suite à gauche, et ça miaulait sous le trottoir, alors ils s'arrêtèrent pour regarder ce que c'était.

---

1. Surnom du beau-frère de Boris, Claude Léglise, déjà présent dans *Vercoquin et le plancton*, premier roman de Vian. **2.** Réaction consistant à mettre en évidence l'anticorps de la syphilis.

II

Au début, le chat n'avait pas envie de se battre, mais toutes les dix minutes, le coq poussait un hurlement strident. C'était le coq de la dame du premier. On l'engraissait pour le manger en temps voulu. Les Juifs mangent toujours un coq à une certaine date, ça se laisse manger, il faut dire. Le chat en avait plein le dos du coq, si seulement il jouait, mais non, toujours sur deux pattes, pour faire le malin.

— Attrape, dit le chat, et il lui flanqua un bon coup de patte sur la tête.

Ça se passait sur le rebord de la fenêtre de la concierge. Le coq n'aimait pas se battre, mais sa dignité... Il poussa un grand cri et laboura les côtes du chat d'un bon coup de bec.

— Salaud, dit le chat, tu me prends pour un coléoptère !... Mais tu vas changer d'avis !

Et pan !... Un coup de tête dans le bréchet. L'animal de coq !... Encore un coup de bec sur la colonne vertébrale du chat et un autre dans le gras des reins.

— On va voir ! dit le chat.

Et il lui mord le cou, mais il crache une pleine goulée de plumes et avant d'y voir clair, deux directs de l'aile et il roule sur le trottoir. Un homme passe. Il marche sur la queue du chat.

Le chat sauta en l'air, retomba dans la rue, évita une bicyclette qui fonçait, et constata que l'égout mesurait une profondeur d'un mètre soixante environ, avec un redan[1] à un mètre vingt de l'ouverture, mais très étroit et plein de cochonneries.

---

1. Sorte de saillie dans la paroi.

III

— C'est un chat, dit Peter Gna.

Il était peu probable qu'un autre animal poussât la perfidie jusqu'à imiter le cri du chat, appelé d'habitude miaulement par onomatopation[1].

— Comment est-il tombé là ?

— Ce salaud de coq, dit le chat, et une bicyclette subséquente.

— C'est vous qui aviez commencé ? demanda la sœur de Peter Gna.

— Mais non, dit le chat. Il me provoquait en criant tout le temps, il sait que j'ai horreur de ça.

— Il ne faut pas lui en vouloir, dit Peter Gna. On va lui couper le cou bientôt.

— Bien fait, dit le chat, avec un ricanement satisfait.

— C'est très mal, dit Peter Gna, de vous réjouir du malheur d'autrui.

— Non, dit le chat, puisque je suis moi-même dans une mauvaise passe.

Et il pleura amèrement.

— Un peu plus de courage, dit sévèrement la sœur de Peter Gna, vous n'êtes pas le premier chat auquel il arrive de tomber dans un égout.

— Mais je me fous bien des autres, maugréa le chat, et il ajouta : Vous ne voulez pas essayer de me sortir d'ici ?

— Bien sûr que si, dit la sœur de Peter Gna, mais si vous devez recommencer à vous battre avec le coq, ce n'est pas la peine.

— Oh !... Je laisserai le coq tranquille, dit le chat d'un ton détaché. Il a eu son compte.

---

1. Suffixation ludique du terme onomatopée, désignant un mot qui veut imiter ou évoquer un son particulier.

Le coq, de l'intérieur de la loge, poussa un glousse-
ment de joie. Le chat n'entendit pas, heureusement.

Peter Gna déroula son foulard et se mit à plat
ventre dans la rue.

Tout ce remue-ménage avait attiré l'attention des
passants et un groupe se formait autour de la bouche
d'égout. Il y avait une péripatéticienne [1] en manteau
de fourrure avec une robe rose plissée qu'on voyait
par l'échancrure. Elle sentait vachement bon. Il y
avait deux soldats américains avec elle, un de chaque
côté. Celui de droite, on ne voyait pas sa main
gauche, celui de gauche non plus, mais lui était gau-
cher. Il y avait aussi la concierge de la maison en
face, la bonne du bistro en face, deux marloupins [2]
en chapeau mou, une autre concierge et une vieille
mère à chats.

— C'est affreux ! dit la putain. La pauvre bête, je
ne veux pas voir ça.

Elle dissimula sa figure derrière ses mains. Un des
marloupins lui tendit obligeamment un journal sur
lequel on pouvait lire : « Dresde réduit en petits morceaux, au moins cent vingt mille morts [3]. »

— Les hommes, dit la vieille mère à chats qui
lisait le titre, c'est rien, ça ne me fait rien, mais je
ne peux pas voir souffrir une bête.

— Une bête ! protesta le chat. Parlez pour
vous !...

Mais pour l'instant, seuls Peter Gna, sa sœur et
les Américains comprenaient le chat, car il avait un
fort accent anglais et les Américains en étaient
dégoûtés.

---

1. Prostituée.   **2.** Voyous, en argot.   **3.** Les bombarde-
ments alliés de février 1945 rasèrent la ville et tuèrent plus de la
moitié de sa population, soit environ 250 000 personnes.

— *The shit with this limey cat !* dit le plus grand. *What about a drink somewhere*[1] *?...*

— Oui, mon chéri, dit la putain. On va certainement le sortir de là.

— Je ne crois pas, dit Peter Gna en se relevant, mon foulard est trop court et il ne peut pas s'y accrocher.

— C'est affreux ! gémit le concert des voix apitoyées.

— Fermez donc ça, marmonna le chat. Laissez-le réfléchir.

— Personne n'a une ficelle ? demanda la sœur de Peter Gna.

On trouva une ficelle, mais, de toute évidence, le chat ne pouvait pas s'y agriffer[2].

— Ça ne va pas, dit le chat, ça me passe entre les griffes et c'est très désagréable. Si je tenais ce salaud de coq, je lui fourrerais le nez dans la cochonnerie. Ça sent le rat d'une manière dégoûtante dans ce trou.

— Pauvre petit, dit la bonne d'en face. Il miaule à fendre l'âme. Moi ça m'émeut.

— Ça émeut plus qu'un bébé, remarqua la putain, c'est trop atroce, je m'en vais.

— *To hell with that cat*, dit le second Américain. *Where can we sip some cognac*[3] *?...*

— Tu as bu trop de cognac, gronda la fille. Vous êtes terribles, aussi... Venez, je ne veux pas entendre ce chat.

— Oh !... protesta la bonne, vous pourriez bien aider un peu ces messieurs-dames !...

— Mais je veux bien, moi !... dit la putain qui fondit en larmes.

---

1. « Ce chat angliche nous fait chier ! On va boire un verre quelque part ?... »   **2.** Mot-valise créé sur agripper et griffer. **3.** « Au diable ce chat. Où peut-on s'envoyer du cognac ?... »

— Si vous fermiez ça, là-haut, répéta le chat. Et puis dépêchez-vous... je m'enrhume...

Un homme traversa la rue. Il était nu-tête, sans cravate, en espadrilles. Fumait une cigarette avant de se coucher.

— Qu'est-ce que c'est, madame Pioche ? demanda-t-il à l'apparemment concierge.

— Un pauvre chat que des galopins ont dû flanquer dans l'égout, interféra la mère à chats. Ces galopins !... On devrait tous les mettre dans des maisons de correction jusqu'à vingt et un ans.

— C'est les coqs qu'on devrait y mettre, suggéra le chat. Les galopins ne gueulent pas à longueur de journée sous prétexte que le soleil va peut-être se lever...

— Je vais remonter chez moi, dit l'homme. J'ai quelque chose qui va servir à le tirer de là. Attendez une minute.

— J'espère que ce n'est pas une blague, dit le chat. Je commence à comprendre pourquoi l'eau ne ressort jamais des égouts. C'est facile d'y entrer, mais la manœuvre inverse est un tantinet délicate.

— Je ne vois pas ce que l'on pourrait faire, dit Peter Gna. Vous êtes très mal placé, c'est presque inaccessible.

— Je sais bien, dit le chat. Si je le pouvais, je sortirais tout seul.

Un autre Américain s'approchait. Il marchait droit. Peter Gna lui expliqua la chose.

— *Can I help you ?* dit l'Américain.

— *Lend me your flashlight, please*, dit Peter Gna.

— *Oh ! Yeah*[1] *!...* dit l'Américain et il lui tendit sa torche électrique.

---

1. « Je peux vous aider ? — Prêtez-moi votre lampe, s'il vous plaît. — Bien sûr ! »

Peter Gna se mit à plat ventre de nouveau et réussit à entrevoir un coin du chat. Celui-ci s'exclama :

— Envoyez-moi donc ce truc-là... Ça a l'air de marcher. C'est à un Amerlo, hein ?

— Oui, dit Peter Gna. Je vais vous tendre ma canadienne. Tâchez de vous y accrocher.

Il enleva sa canadienne et la laissa pendre dans l'égout, la tenant par une manche. Les gens commençaient à comprendre le chat. Ils se faisaient à son accent.

— Encore un petit effort, dit le chat.

Et il sautait pour s'accrocher au vêtement. On entendit en chat, cette fois, un affreux juron. La canadienne échappa à Peter Gna et disparut dans l'égout.

— Ça ne va pas ? demanda Peter Gna inquiet.

— Sacré nom de Dieu ! dit le chat, je viens de me cogner le crâne sur un truc que je n'avais pas vu. Mince !... Ça m'élance !...

— Et ma canadienne ? dit Peter.

— *I'll give you my pants*, dit l'Américain, et il commença à se déculotter pour aider au sauvetage.

La sœur de Peter Gna l'arrêta.

— *It's impossible with the coat*, dit-elle. *Won't be better with your pants.*

— *Oh ! Yeah*[1] !... dit l'Américain, qui se mit à reboutonner son pantalon.

— Qu'est-ce qu'il fait ? dit la putain. Il est noir !... Ne le laissez pas se déculotter dans la rue. Quel cochon !...

Des individualités imprécises continuaient à s'agglomérer au petit groupe. La bouche d'égout prenait, sous la lueur de la lampe électrique, une allure

---

1. « J'vais vous donner mon froc. — Ça ne marche pas avec la canadienne. Ça n'ira pas mieux avec votre froc. — Ah bon ! »

bizarre. Le chat maugréait et l'écho de ses imprécations parvenait, curieusement amplifié, aux oreilles des derniers arrivants.

— Je voudrais bien ravoir ma canadienne, dit Peter Gna.

L'homme en espadrilles joua des coudes pour s'ouvrir un passage. Il ramenait un long manche à balai.

— Ah ! dit Peter Gna, ça va peut-être aller.

Mais devant l'entrée de l'égout, le bâton se raidit et le coude formé par la voûte empêcha de l'y introduire.

— Il faudrait chercher la plaque de l'égout et la desceller, suggéra la sœur de Peter Gna.

Elle traduisit à l'Américain sa proposition.

— *Oh ! Yeah !* dit-il.

Et il se mit immédiatement à la recherche de la plaque. Il passa sa main dans l'ouverture rectangulaire, tira, glissa, lâcha prise et s'assomma sur le mur de la maison la plus proche.

— Soignez-le, commanda Peter Gna à deux femmes de la foule, qui relevèrent l'Américain et l'emmenèrent chez elles pour s'assurer du contenu des poches de sa vareuse. Elles trouvèrent notamment une savonnette Lux et une grosse barre de chocolat fourré O'Henry. En revanche, il leur passa une bonne blennorragie [1] qu'il tenait d'une blonde ravissante rencontrée deux jours plus tôt à Pigalle.

L'homme au bâton se tapa la tête du plat de la main et dit : — Euréchat [2] !... et remonta chez lui.

— Il se fout de moi, dit le chat. Écoutez, vous, là-haut, si vous ne vous grouillez pas un peu, je m'en vais. Je trouverai bien une sortie.

---

1. Maladie vénérienne hautement contagieuse. **2.** Autre mot-valise, créé sur Eurêka et chat.

— Et s'il vient à pleuvoir, dit la sœur de Peter Gna, vous serez noyé.

— Il ne pleuvra pas, affirma le chat.

— Alors, vous rencontrerez des rats.

— Ça m'est égal.

— Eh bien, allez-y, dit Peter Gna. Mais, vous savez, il y en a de plus gros que vous. Et ils sont dégoûtants. Et puis, ne pissez pas sur ma canadienne !

— S'ils sont sales, dit le chat, c'est une autre affaire. En tout cas, le fait est qu'ils puent. Non, sans blague, démerdez-vous, là-haut. Et ne vous inquiétez pas pour votre canadienne, j'y ai l'œil.

Il se dégonflait à ouïe d'oreille. L'homme reparut. Il avait, au bout d'une longue ficelle, un filet à provisions.

— Merveilleux ! dit Peter Gna. Il va sûrement pouvoir s'y accrocher.

— Qu'est-ce que c'est ? demanda le chat.

— Voilà, dit Peter Gna, en le lui lançant.

— Ah ! C'est mieux, approuva le chat. Ne tirez pas tout de suite. Je prends la canadienne.

Quelques secondes plus tard, le filet réapparut, le chat s'était installé commodément à l'intérieur.

— Enfin ! dit-il aussitôt débarrassé du filet. Pour votre canadienne, débrouillez-vous. Trouvez un hameçon, ou n'importe quoi. Mais elle était trop lourde.

— Quel fumier ! grogna Peter Gna.

Une clameur de satisfaction accueillit le chat à sa sortie du filet. On se le passa de main en main.

— Quel beau chat ! Le pauvre ! Il est plein de boue...

Il sentait horriblement mauvais.

— Essuyez-le avec ça, dit la putain en tendant son foulard de soie bleu lavande.

— Ça va l'abîmer, dit la sœur de Peter Gna.

— Oh ! Ça ne fait rien, dit la putain dans un grand élan de générosité. Il n'est pas à moi.

Le chat distribuait des poignées de main à la ronde et la foule commençait à se disperser.

— Alors, dit le chat voyant tout le monde s'en aller, maintenant que je suis dehors je ne suis plus intéressant ? Au fait, où est le coq ?

— La barbe, dit Peter Gna. Venez boire un coup et ne pensez plus au coq.

Il restait autour du chat l'homme en espadrilles, Peter Gna, sa sœur, la putain et les deux Américains.

— On va tous boire un coup ensemble, dit la putain, en l'honneur du chat.

— Elle n'est pas désagréable, dit le chat, mais quel genre elle a !... Au fond, je coucherais bien avec elle cette nuit.

— Du calme, dit la sœur de Peter Gna.

La putain secoua ses deux hommes.

— Venez ! Boire !... Cognac !... énonça-t-elle laborieusement.

— *Yeah !... Cognac !...* répondirent les deux hommes en se réveillant avec ensemble.

Peter Gna marchait le premier en portant le chat et les autres le suivirent.

Un bistro restait ouvert dans la rue Richer.

— Sept cognacs ! commanda la putain. C'est ma tournée.

— Bonne petite gagneuse ! dit le chat avec admiration. Un peu de valériane dans le mien, garçon !

Le garçon les servit et tous trinquèrent joyeusement.

— Ce pauvre chat a dû s'enrhumer, dit la putain. Si on lui faisait boire un viandox ?

Entendant ça, le chat faillit s'étrangler et cracha du cognac un peu partout.

— Pour qui elle me prend ? demanda-t-il à Peter Gna. Je suis un chat, oui ou non ?

À la lueur des tubes à vapeur de mercure du plafond, on voyait maintenant le type de chat que c'était. Un terrible gros chat, avec des yeux jaunes et une moustache à la Guillaume II[1]. Ses oreilles en dentelle prouvaient sa virilité entière et une grosse cicatrice blanche dégarnie de poils, coquettement mise en valeur par un liséré violet, lui traversait le dos.

— *What's that ?* demanda un Américain en touchant la place. Blessé monsieur ?

— *Yep !* répondit le chat. F.F.I.[2]...

Il prononçait : Ef, Ef, Ai, comme il se doit.

— *Fine*, dit l'autre Américain en lui serrant vigoureusement la main. *What about another drink ?*

— *Okey doke !* dit le chat. *Got a butt*[3] ?

L'Américain lui tendit son étui à cigarettes, sans rancune pour l'horrible accent anglais du chat qui croyait lui être agréable en sortant son argot américain. Le chat choisit la plus longue et l'alluma au briquet du Gna. Chacun prit une cigarette.

— Racontez votre blessure, dit la putain.

Peter Gna venait de trouver un hameçon dans son verre et partit aussitôt repêcher sa canadienne.

Le chat rougit et baissa la tête.

— Je n'aime pas parler de moi, dit-il. Donnez-moi un autre cognac.

— Ça va vous faire du mal, dit la sœur de Peter Gna.

---

1. Dernier empereur d'Allemagne (1888-1941), qui abdiqua à la fin de la Première Guerre mondiale.   **2.** Forces françaises de l'intérieur, formées par l'unification des maquis et des divers groupes armés. Elles participèrent aux combats en France, puis à l'offensive contre l'Allemagne.   **3.** « Qu'c'est qu'ça ? [...] — Ouais ! [...] — Bravo. [...] On prend un autre verre ? — D'accord, Hector ! T'as un clope ? »

— Mais non, protesta le chat. J'ai les tripes blindées. Du véritable boyau de chat. Et puis après cet égout... Bouh ! Ce que ça sentait le rat !...

Il avala d'un trait son cognac.

— Mince !... Quelle descente !... dit l'homme en espadrilles d'un ton admiratif.

— Le prochain dans un verre à orangeade, spécifia le chat.

Le second Américain s'écarta du groupe et s'installa sur la banquette du café. Il mit la tête dans ses mains et commença à se dégueuler entre les pieds.

— C'était, dit le chat, en avril 44. Je venais de Lyon où j'avais contacté le chat de Léon Plouc qui faisait aussi de la résistance. Un chat à la hauteur, d'ailleurs, depuis, il a été pris par la Gestapo de chat et déporté à Buchenkatze [1].

— C'est affreux ! dit la putain.

— Je ne suis pas inquiet pour lui, dit le chat, il s'en tirera. En le quittant, donc, je suis remonté sur Paris et, dans le train, j'ai eu le malheur de rencontrer une chatte... la garce !... la salope !...

— Vous devriez surveiller votre langage, dit sévèrement la sœur de Peter Gna.

— Pardon ! dit le chat, et il prit une grande lampée de cognac.

Ses yeux s'allumèrent comme deux lampes et sa moustache se hérissa.

— J'ai passé une de ces nuits, dans le train, dit-il en s'étirant avec complaisance. Bon Dieu ! Quel coup de reins ! Heûps !... conclut-il, car il avait le hoquet.

— Alors ? demanda la putain.

— Alors, voilà ! dit le chat faussement modeste.

---

1. Mot-valise sur Buchenwald, où plus de 50 000 déportés moururent avant 1945, et *Katze*, « chat » en allemand.

— Mais votre blessure ? demanda la sœur de Peter Gna.

— Le patron de la chatte avait des souliers ferrés, dit le chat, et il visait le cul, mais il l'a raté. Heûps !...

— C'est tout ? demanda la putain déçue.

— Vous auriez voulu qu'il m'assommât, hein ? ricana le chat sarcastique. Ben, vous avez une chouette mentalité, vous, alors ! Au fait, vous n'allez jamais au Pax-Vobiscum [1] ?

C'était un hôtel du quartier. Pour tout dire, une maison de pax.

— Si, répondit sans détour la putain.

— Je suis copain avec la bonne, dit le chat. Qu'est-ce qu'elle me file comme muffées [2] !...

— Ah ? dit la putain. Germaine ?...

— Oui, dit le chat. Ger-heûps-maine...

Il finit son verre d'un trait.

— Je m'en taperais bien une tricolore, dit-il.

— Une quoi ? interrogea la putain.

— Une *chatte* tricolore. Ou encore un petit chat pas trop avancé.

Il eut un rire dégoûtant et cligna de l'œil droit.

— Ou le coq ! Heûps !...

Le chat se dressa sur les quatre pattes, le dos arqué, la queue raide et frissonna du croupion.

— Bon sang ! dit-il. Ça me travaille !...

Gênée, la sœur de Peter Gna farfouilla dans son sac.

— Vous n'en connaissez pas une ? demanda le chat à la putain. Vos amies n'ont pas de chattes ?

— Vous êtes un cochon, répondit la putain. Devant ces messieurs-dames !...

---

1. Plaisanterie sur la formule chrétienne « La paix soit avec vous », pour le plaisir d'un à-peu-près avec « hôtel de passe ».
2. Soûleries, en argot.

Le type en espadrilles ne parlait pas beaucoup, mais, énervé par la conversation du chat, il se rapprocha de la putain.

— Vous sentez bon, lui dit-il. Qu'est-ce que c'est ?

— Fleur de Soufre, de Vieuxcopain[1], dit-elle.

— Et ça ? demanda-t-il en y posant la main, qu'est-ce que c'est ?...

Il s'était mis du côté laissé libre par l'Américain malade.

— Allons mon chéri, dit la putain, sois sage.

— Garçon ! dit le chat. Une menthe verte !

— Ah ! Non ! protesta la sœur de Peter Gna. Enfin !... dit-elle en voyant la porte s'ouvrir.

Peter revenait avec sa canadienne pleine de détritus.

— Empêche-le de boire, dit-elle, il est complètement rond !...

— Attends ! dit Peter Gna. Il faut que je nettoie ma canadienne. Garçon ! Deux siphons !...

Il pendit sa canadienne sur le dossier d'une chaise et la siphoniza[2] copieusement.

— Marrant !... dit le chat. Garçon ! Cette menthe verte... Heûps !...

— C'est toi mon sauveur !... s'exclama-t-il aussitôt après en enlaçant Peter Gna. Viens, je te paye le claque[3].

— Non, mon vieux, dit Peter Gna. Vous allez attraper une congestion.

— Il m'a sauvé !... rugit le chat. Il m'a tiré d'un trou plein de rats où j'ai failli crever.

Émue, la putain laissa tomber sa tête sur l'épaule

---

1. Allusion à la marque Cheramy, qui faisait des parfums bon marché.   **2.** Néologisme à propos, dérivé du verbe siphonner. **3.** Maison de prostitution, en argot.

de l'homme en espadrilles qui la lâcha et alla se finir dans un coin...

Le chat bondit sur le comptoir et vida le fond de cognac qui restait.

— Brroû !... fit-il en agitant rapidement la tête de droite et de gauche. Ça descend dur !... Sans lui, hurla-t-il, j'étais foutu, foutu !...

La putain s'affala sur le comptoir la tête dans ses coudes. Le second Américain la lâcha et s'installa près de son compatriote. Leurs deux dégueulis se synchronisèrent et ils dessinèrent le drapeau américain sur le sol. Le second se chargea des quarante-huit étoiles[1].

— Dans mes bras... Heûps ! conclut le chat.

La putain essuya une larme et dit :

— Qu'il est gentil !...

Pour ne pas le vexer, Peter Gna lui posa un baiser sur le front. Le chat le serra entre ses pattes et soudain lâcha prise et s'effondra.

— Qu'est-ce qu'il a ? demanda, inquiète, la sœur de Peter Gna.

Peter Gna tira de sa poche un spéculum[2] et l'introduisit dans l'oreille du chat.

— Il est mort, dit-il après avoir regardé. Le cognac a atteint le cerveau. On le voit suinter.

— Oh ! dit la sœur de Peter Gna, et elle se mit à pleurer.

— Qu'est-ce qu'il a ? demanda, inquiète, la putain.

— Il est mort, répéta Peter Gna.

— Oh !... dit-elle, après tout le mal qu'on s'est donné !

---

1. Le drapeau américain ne comportait que quarante-huit États et étoiles jusqu'en 1959 où vinrent s'ajouter l'Alaska et Hawaii.
2. Miroir en latin ; instrument médical servant à mieux observer des conduits ou cavités de l'organisme.

— C'était un si bon chat !... Et il savait causer !... dit l'homme en espadrilles qui revenait.

— Oui ! dit la sœur de Peter Gna.

Le garçon du bistro n'avait encore rien dit, mais il parut sortir de sa torpeur.

— Ça fait huit cents francs !...

— Ah ! dit Peter Gna inquiet.

— C'est ma tournée, dit la putain qui sortit mille francs de son beau sac de cuir rouge. Gardez la monnaie, garçon !

— Merci, dit le garçon. Qu'est-ce que je dois faire de ça ?

Il désignait le chat d'un air dégoûté. Un filet de menthe verte coulait sur le poil du chat en formant un réseau compliqué.

— Pauvre petit !... sanglota la putain.

— Ne le laisse pas comme ça, dit la sœur de Peter Gna. Il faut faire quelque chose...

— Il a bu comme un trou, dit Peter Gna. C'est idiot. Il n'y a rien à faire.

Le bruit de Niagara[1] qui formait le fond sonore depuis la retraite des Américains s'arrêta net. Ils se relevèrent ensemble et se rapprochèrent du groupe.

— Cognac !... demanda le premier.

— Dodo, mon grand !... dit la putain. Viens !...

Elle les enlaça chacun d'un bras.

— Excusez messieurs-dames, dit-elle. Il faut que j'aille coucher mes bébés... Pauvre petit chat, tout de même... Une soirée si bien commencée.

— Au revoir, madame, dit la sœur de Peter Gna.

L'homme en espadrilles tapa amicalement sur l'épaule de Peter Gna, sans rien dire, d'un air de condoléance. Il secoua la tête, apparemment navré, et sortit sur la pointe des pieds.

---

1. Allusion aux vastes chutes d'eau du Niagara, entre le lac Ontario et le lac Érié.

Visiblement, le garçon avait sommeil.

— Qu'est-ce qu'on va en faire ? dit Peter Gna, et sa sœur ne répondit rien.

Alors, Peter Gna mit le chat dans sa canadienne et ils sortirent dans la nuit. L'air était froid et les étoiles éclataient une à une. La marche funèbre de Chopin[1], jouée par les cloches des églises, fit savoir aux populations qu'une heure du matin venait de sonner. À pas lents, ils se frayèrent un chemin dans l'atmosphère coupante.

Ils arrivèrent au coin de la rue. Noir, avide, l'égout attendait à leurs pieds. Peter Gna ouvrit sa canadienne. Il prit le chat tout raide avec précaution et sa sœur le caressa sans rien dire. Et puis, douce-ment, à regret, le chat disparut dans le trou. Cela fit : « Glop ! » et, avec un sourire satisfait, la bouche de l'égout se referma.

---

1. Chopin, Frédéric (1810-1849), compositeur polonais et maître de la musique romantique.

MARTIN M'A TÉLÉPHONÉ*...

* Cette nouvelle a été publiée par Le Livre de Poche dans le recueil *Le Loup-garou* (n° 14 853).

Ursula et Boris Vian dans leur appartement, Cité Véron, à Paris.
Photo Paul Almasy . © AKG.

I

Martin m'a téléphoné à cinq heures. J'étais à mon bureau, j'écrivais je ne sais plus quoi, une chose inutile, sûrement ; je n'ai pas eu trop de mal à comprendre. Il parle anglais avec un accent mélangé américain et hollandais, il doit être juif aussi, ça fait un tout un peu spécial, mais, dans mon téléphone, ça va ; il fallait être à sept heures et demie rue Notoire-du-Vidame[1], à son hôtel, et attendre, et il lui manquait un batteur. Je lui ai dit : — *Stay here, I will call Doddy*[2] *right now.* Et il a dit : — *Good Roby, I stay*[3]. Doddy n'était pas à son bureau. J'ai demandé qu'il me rappelle. Il y avait sept cent cinquante balles à gagner pour jouer de huit heures à minuit en banlieue. J'ai rappelé Martin, et il m'a dit : — *Your brother can't play ?* et j'ai dit : — *Too far. I must go back home now, and eat something before I go to your hotel*, et il a dit : — *So ! Good, Roby, don't bother, I'll go and look for a drummer. Just remember you must be at my hotel at seven thirty*[4].

---

1. On reconnaît dans ce nom la rue Notre-Dame-des-Victoires (IIe arrondissement) où siégeait l'Afnor quand Boris Vian y travaillait. 2. Évocation américanisée de Claude Léon, alias Doddy. Le narrateur, Roby, masque Boris Vian soi-même, quant au frère batteur mentionné plus loin, il s'agit d'Alain Vian, batteur occasionnel du groupe Abadie-Vian. 3. « Ne bouge pas, je vais appeler Doddy tout de suite. — D'accord Roby, je reste ici. » 4. « Ton frère ne peut pas jouer ? — Trop loin, je dois rentrer chez moi maintenant, et manger quelque chose avant d'aller à ton hôtel. — Alors ! Bon, Roby, ne te casse pas la tête, je vais chercher un

Miqueut n'était pas là et j'ai dévissé à six heures moins le quart, une demi-heure de rabiot ; je suis rentré chercher ma trompette[1]. Je me suis rasé, quand on joue pour la Croix-Rouge, on ne sait jamais ; si c'est pour des officiers, c'est gênant d'être dégueulasse, tout au moins la figure. Les vêtements, on n'y peut rien, quoiqu'ils ne le sachent pas quand même. Je me suis écorché la gueule, je ne peux pas me raser deux jours de suite, ça fait trop mal, enfin c'était mieux que rien. Je n'ai pas eu le temps de dîner complètement, j'ai mangé une assiettée de soupe, j'ai dit bonsoir et je suis parti. Il faisait tiédasse, c'était encore le chemin de mon bureau, je travaille aussi rue Notoire-du-Vidame. Martin m'a dit : — On sera payé juste après avoir joué. J'aimais mieux ça ; d'habitude, à la Croix-Rouge, ils vous font attendre des semaines pour vous payer et il faut aller rue Caumartin, ce n'est pas pratique, avec Miqueut. Je n'aimais pas l'idée d'aller rejouer avec Martin, il est trop fort au piano, c'est un professionnel, et il râle quand on ne joue pas bien. S'il ne voulait pas de moi il ne m'aurait pas téléphoné. Sûrement il y aurait aussi Heinz Neuman. Martin Romberg, Heinz Neuman, tous les deux Hollandais. Heinz, lui, parlait un peu français : — Je voudrais vous reverrer ? C'est comme ça qu'on dit ? Il me demandait ça la fois d'avant, au Normandie Bar[2], c'est là qu'il y avait la tapette, Freddy, pendant la

batteur. N'oublie surtout pas de te pointer à mon hôtel à sept heures et demie. »
   1. Miqueut et l'ambiance du bureau font une référence directe à la satire de l'Afnor telle que nous la fait découvrir *Vercoquin et le plancton*. Voir *Œuvres complètes*, tome I, p. 189 *sqq*.   **2.** Référence à l'hôtel Normandy, 7, rue de l'Échelle (Iᵉʳ arrondissement), où Michelle, première épouse de Boris, allait quand elle préparait le bac au cours Carpentier (1938-1939), genre bar anglais. Le patron (Freddy) eut des ennuis pour collaboration puis le bar rouvrit.

guerre, il s'enfermait pour téléphoner dans la cabine camouflée en armoire normande et il disait : — Oui oui oui oui oui oui... d'un ton suraigu à la manière allemande, avec un rire artificiel et bien détaché. C'est moche le Normandie, avec ses fausses poutres apparentes en liège aggloméré ; j'y avais chipé tout de même le numéro du 28 août du *New Yorker*, et celui de septembre de *Photography* où on voit la gueule du citoyen Weegee[1] qui s'amuse à prendre des photos de New York sous tous les aspects, surtout d'en haut ; pendant les vagues de chaleur, les gens des quartiers populeux, qui dorment sur les paliers des échelles d'incendie, quelquefois cinq six gosses, et des filles de seize ou dix-sept ans, presque à poil ; peut-être que dans son livre on en voit encore plus, ça s'appelle *Naked City*, et on ne le trouvera probablement pas en France. J'arrivais rue de Trévise, c'est noir, la barbe, ce chemin tous les jours, et puis je suis passé devant mon bureau, il est au début de la rue Notoire-du-Vidame, et, tout au bout, l'hôtel de Martin. Il n'était pas là, personne n'était là, le truck[2] non plus. J'ai regardé par la porte de l'hôtel... À gauche, il y avait à une table en rotin un homme et une femme qui consultaient quelque chose ensemble. Au fond, on voyait, par une porte ouverte,

---

1. *New Yorker*, magazine mensuel célèbre pour son intellectualisme ; une erreur de copie, de l'auteur ou de la transcription, car le dernier numéro d'août 1945 de la revue est daté du 25. La couverture représente des G.I. jouant de l'argent aux dés cependant que passent des boy-scouts étonnés : on retrouvera le poker et ces personnages dans *L'Équarrissage pour tous* (1947). Le magazine semestriel *Photography* fut publié à partir de 1937, et on note en 1945 la collaboration de Weegee, célèbre photographe indépendant de New York. Weegee, alias Arthur Fellig (1900-1968), publia un livre de photos sur New York, dont celles de la première partie, *Sunday Morning in Manhattan* (« Dimanche matin à Manhattan »), sont évoquées ici par Vian (*Naked City*, New York, Essential Books, 1945, p. 22, 23). **2.** Camion, en anglais américain.

la table du gérant ou du patron qui dînait avec sa famille. Je ne suis pas entré. Martin m'aurait attendu là. J'ai mis ma boîte à trompette debout sur le trottoir et je me suis assis dessus en attendant le truck, Heinz et Martin. Le téléphone a sonné dans l'entrée de l'hôtel et je me suis levé, c'était sûrement Martin. Le patron est sorti : — Est-ce que monsieur Roby... — C'est moi ; j'ai pris le récepteur. Ce téléphone-là ne transmettait pas comme au bureau, plus aigre, et j'ai dû faire répéter, il était près de chez Doddy, pas de Doddy, et il fallait passer le prendre chez Marcel, 73 rue Lamarck, *seventy-three*. Bon, il a été dîner là, trop flemmard pour revenir à son hôtel, le truck peut bien passer le prendre. J'ai essayé de téléphoner à Temsey[1] pour avoir au moins une guitare, d'accord avec Martin. Pas de Temsey. Ça va, on jouera trompette, clarinette et piano, mais c'est plus pompant... et toutes les lumières se sont éteintes dans la rue, la panne ; je me suis assis sur ma boîte à trompette contre le mur à droite de l'hôtel et j'ai attendu. Une petite fille est sortie en courant de l'hôtel elle a fait un écart en me voyant, et en revenant, elle s'est tenue à distance. Il faisait très noir dans la rue. Une grosse femme avec un cabas est passée devant moi. Je l'avais vue en arrivant, en noir, l'air mère de famille campagnarde ; non, elle faisait la retape, c'est drôle ce n'est pourtant pas un coin fréquenté. Il y a eu des phares au bout de la rue. Jaunes, ce n'était pas le truck, ceux des Américains sont blancs. Une 11[2] noire, pour changer. Ensuite un camion, mais un français, vingt à l'heure au bas mot. Et puis

---

1. Taymour Nawab, alias Timsey-Timsey, guitariste et chanteur originaire du Moyen-Orient, « buveur impénitent » au témoignage de Noël Arnaud (*Les Vies parallèles de Boris Vian*, Bourgois, 1981, Le Livre de Poche n° 14 521, p. 83). **2.** Modèle 11 chevaux de la Traction avant Citroën.

le bon, il s'est rangé à moitié sur le trottoir, et il a
éteint ses phares ; simplement pour pisser le long du
mur. Signes de reconnaissance. On a bavardé. Les
autres vont arriver ? Il n'y en a qu'un autre, Heinz.
Déjà huit heures moins cinq. Le type, ancien machi-
niste à la T.C.R.P. [1] habillé en Américain. Je ne
savais pas quoi lui dire, il était assez sympathique.
Je lui ai demandé si le truck était propre à l'intérieur.
La dernière fois, dans celui du show-boat [2], je
m'étais assis dans l'huile et j'avais salopé mon
imper ; non celui-là est propre, je me suis installé à
l'arrière, les jambes pendantes au-dehors, on attendait Heinz. Le type ne pouvait pas tellement poireau-
ter. À neuf heures et quart il avait son colonel
américain qui l'attendait et il devait prendre sa voiture au garage. Je lui ai dit : — Sûrement, il ne se
balade pas dans le truck et sa voiture est mieux que
ça... — Pas tellement... pas une voiture américaine,
mais une Opel. J'ai entendu marcher. Ce n'était pas
encore Heinz. Les lumières se sont rallumées d'un
seul coup et le conducteur m'a dit : — On ne peut
plus attendre, il faut que je donne un coup de fil,
que le garagiste prépare une jeep pour vous prendre
et moi j'irai chercher mon colonel, vous parlez
anglais ? — Oui. — Vous leur expliquerez... — Bon.
Et Heinz est arrivé, il s'est mis à râler en apprenant
qu'il fallait chercher Martin ; toutes les fois, il lui
casse du sucre, mais quand ils sont ensemble, ils passent leur temps à rigoler en hollandais et à se foutre
des autres qui jouent avec eux, je sais bien, parce
que, tout de même, je comprends un peu ce qu'ils
disent, ça ressemble à l'allemand. Les Hollandais,
tous des salauds, des demi-boches, encore plus

---

1. Transports en commun de la région parisienne, ancêtre de la
R.A.T.P.   **2.** Bateau-théâtre, sur lequel on donnait des représen-
tations théâtrales.

lèche-culs quand ils ont quelque chose à vous
demander, et pingres comme on n'a pas idée, et puis,
je n'aime pas cette façon de s'aplatir devant le client
pour avoir des cigarettes ; après tout, on a au moins
un peu de style, et eux, ils tournent la manivelle, et
puis moi je les... Oui, je suis ingénieur, après tout,
et c'est bien le plus bête, en trois lettres, de tous les
métiers, mais ça rapporte de la considération et des
illusions. Mais s'il me suffisait d'appuyer sur le bou-
ton, pan... plus de Martin, plus de Heinz, au revoir.
Ce n'est pas une raison parce qu'ils sont musiciens,
les professionnels sont tous des salauds. Le conducteur est revenu et on est remontés, Heinz pensait
avoir un batteur à neuf heures, mais où allait-on ?
Le conducteur devait nous emmener 7 place Vendôme, c'est tout ce qu'il savait. Il n'aurait pas le
temps, alors on est partis, direction rue de Berri,
dans la rue de Rivoli, il râlait parce qu'avec les
trucks militaires on ne peut pas dépasser vingt
milles. Il a tourné à angle droit pour éviter un sens
interdit, sacrées reprises. Devant quoi on était pas-
sés ? Oui, le Park Club, aux Ambassadeurs, je n'y
ai pas encore joué, mais j'ai joué au Colombia, ce
jour-là c'était plein de belles filles, c'est dommage
de les voir avec les Américains, et puis ça les
regarde, plus elles sont bien, plus elles sont con, moi
je m'en fous, c'est pas pour baiser, je suis trop
fatigué mais c'est pour les regarder, il n'y a rien que
j'aime comme regarder des jolies filles, si... fourrer
son nez dans leurs cheveux quand elles sont parfu-
mées, c'est pas méchant, et il a freiné sec, c'était le
garage. Un grand gars, habillé en Américain. Français ? Américain ? peut-être juif aussi, il avait
l'écusson *Stars and Stripes* [1] sur l'épaule, c'est le

---

1. « Étoiles et rayures », nom du drapeau américain.

garage du journal. Heinz a demandé à téléphoner à son batteur. J'ai expliqué le coup à un gars qui s'en foutait, il avait pas envie de se remuer. Heinz est revenu. Pas de batteur. — Bon, alors on tiendrait dans une jeep ? — Oui, mais on n'a pas de conducteur. Je les ai laissés se démerder, la barbe, j'en ai marre de parler avec eux, et puis, on prend un de ces accents dégueulasses, après les Anglais vous regardent avec réprobation, et puis merde, ils me font tous chier. Ils se sont arrangés, le conducteur avait trouvé. — On va prendre l'Opel, chercher Martin et il nous mènera place Vendôme ensuite. L'Opel était grise, assez bien, il l'a amenée devant l'entrée et on s'est collés dedans avec Heinz, c'est déjà mieux qu'un truck, Heinz, il en rigolait d'aise. Mais c'est de la sale bagnole, ça tremblait, un ralenti infect, je me rappelle la Delage, on posait un verre d'eau sur le garde-boue, pas une ride. C'était une six cylindres, c'est le moteur qu'on peut le mieux équilibrer. Le conducteur ne s'installait pas, ils le faisaient attendre pour avoir sa feuille de sortie. On était déjà vingt minutes en retard sur l'heure. Je m'en foutais, après tout, c'est Martin le chef, il se débrouillera avec eux. Une jeep à remorque est entrée dans le garage, ils ont l'air de types en 1900 avec leurs peaux de bique dans les baquets, leurs grandes guibolles repliées et les genoux sous les yeux. On le gênait pour entrer, il en est monté un dans l'Opel, il l'a reculée de deux mètres et quand l'autre était passé, il l'a remise juste à sa place, quel con. Je devenais en rogne. Enfin il a eu son papier, on est sortis, sale bagnole, dans les virages c'était à dégueuler, tout était mou, la suspension, la direction, ça se calcule, j'avais appris ça ; pour une certaine valeur de la période, on a le mal de mer. Les Allemands le savent sûrement mais eux n'ont peut-être

pas le mal de mer pour la même période. Devant
Saint-Lazare, on a failli entrer dans une Matford[1],
il traversait sans rien regarder. On a grimpé la rue
d'Amsterdam, les boulevards extérieurs, la rue
Lamarck, c'est à droite, le 73, je lui ai dit, et devant
chez Marcel[2], je suis descendu, Martin regardait la
porte, assis à une table, il m'a vu, c'est bien ça,
salaud, trop la flemme pour revenir rue Notoire-du-
Vidame et il a bouffé là. Il est arrivé, ça faisait très
gangster, le signe à travers la porte. Ils se sont mis
à jaspiner en hollandais avec Heinz, ça y est, ils
recommencent, et Heinz ne l'engueulait pas du tout.
C'était sûr. Encore un grand virage mou — c'est la
balançoire ! — il disait le conducteur, et la place
Vendôme, c'était pas très éclairé, le 7, Air Transport
Command[3]. — Au revoir ! Il m'a dit, le conducteur.
On s'est serré la pince. Je vais chercher le colonel.
Il n'y a personne ici ; j'ai dit : c'est pas là. Il m'a
dit : Si vous ne trouvez pas, téléphonez à Élysée 07-
75, c'est le garage. C'est eux qui m'ont dit de vous
mener là, mais, évidemment, il est neuf heures moins
le quart, ça fait trois quarts d'heure de retard. Il est
parti. *Go and ask, Roby*[4], m'a dit Martin. — Vas-y
toi-même, c'est toi le chef ! On est entré, pas ici du
tout, les types pas au courant, c'était sinistre, on
aurait dit un bureau de poste. Et juste on est ressor-
tis. — *Where's this driver ?* disait Martin, et une
fille avec un machin en mouton blanc et un Américain nous ont vus. — *That's the band !* — *Yes*, a dit
Martin, *we've been waiting for half an hour*[5]. Il a

---

1. Sous-marque de voitures Ford fabriquées en France dès les années 30.   **2.** Bar rue Lamarck (XVIIIᵉ arrondissement), où logea Claude Léon en 1948-1949.   **3.** Adresse exacte du Commandement de transport aérien.   **4.** « Va demander, Roby. »   **5.** « Où est ce chauffeur ? — C'est ça l'orchestre ! — Oui... ça fait une demi-heure qu'on attend. »

du culot, mais je me suis marré quand même. La
fille brune, pas mal foutue, on verra tout à l'heure.
On les a suivis, enfin une bagnole bien, Packard
1939[1] noire avec chauffeur. Le chauffeur, il râlait :
— Je peux pas les prendre tous ! Ça va esquinter
mes pneus. — Tu parles ! Tu ne sais pas ce que
c'est une Packard ! Trois derrière : deux filles et un
Amerlo ; sur les strapontins Martin, Heinz et moi,
devant, le chauffeur, deux Amerlos. Rue de la Paix,
Champs-Élysées, rue Balzac, première halte, l'hôtel
Celtique[2], les deux devant sont descendus, on attendait. En face, il y avait la Chrysler bleu ciel de l'US
Navy, je l'ai déjà vu passer plusieurs fois à Paris. Je
me demande si c'est le modèle fluid drive avec le
changement de vitesse à huile. Ils baragouinaient
dans le fond de la voiture, Heinz et Martin en hollandais, le chauffeur en français. Oh ! ils sont emmerdants. Il en est remonté un devant, il a tendu entre
Heinz et moi quelque chose à celui de derrière : —
There's a gift from Captain, je ne sais plus quoi. —
Thank you, Terry[3] il a dit, celui du fond, et il a
déplié, ça avait les dimensions d'un carnet de papier
à cigarettes, il l'a rendu à celui de devant. On est
partis. Il était monté dans la Chrysler un officier de
marine et deux femmes. Ils nous suivaient. On a
tourné tout de suite à droite, ça au moins c'est une
voiture, le chauffeur râlait quand même après Bernard ou O'Hara, c'était le même, et huit dans la voiture, c'était de trop. J'ai pas écouté ce qu'ils disaient
derrière, avant qu'on soit dans le bois de Boulogne,
on allait entre Garches et Saint-Cloud. Il y avait une

---

1. Les parents de Boris avaient possédé une Packard 1935.
2. D'après Michelle Vian, on allait y chercher des musiciens de
second ordre qui attendaient qu'on les ramasse pour un contrat de
dernière minute.   **3.** « Il y a un cadeau du capitaine... — Merci,
Terry. »

femme blonde, avec poitrine, au milieu, la brune à
sa gauche et un Américain à sa droite. Hollywood...
— J'ai entendu *Santa Monica is nice*[1], dit celle du
milieu, l'air détaché. Bien sûr, tu la ramènes, conne
mais tu es mal foutue et tu as une sale gueule, c'est
bien fait. L'autre, la brune, elle était mieux, c'est
sûrement pas une Américaine ; elles sont toutes
ensellées[2], sauf ces deux que j'ai vues un soir sur le
show-boat, des en pantalons avec la taille fine, fine,
et des culs bien ronds en dessous, on aurait dit qu'on
les avait fabriquées en gonflant un peu et en serrant
à la taille pour faire sortir la poitrine et les fesses,
c'était terrible[3]. — *What's the name of that friend
of yours, Chris*..., demande l'Américain à la brune.
— Christiane, répond l'autre. — *Nice name, and
she's nice too. — Yes*, répond l'autre, *but she's got
a strange voice* — bonne petite copine ! — *and
when she's on the stage, she makes such an awful
noise... yes... but she's nice. Maybe we'll go to New
York in February*, elle ajoute, *and where do you
come from ? — New York*, dit le type, *it would be
wonderful to see you again, and this other friend of
yours*, Florence ? — *Yes*, elle dit, *she's got a nice
face, but the rest is bad*. Comme elle parlait genti-
ment des copines ! — *And who will come too ? All
the chorus girls ?* Et j'ai compris qu'elle était de
la Fête foraine, mais peut-être je me suis trompé.
Assommant à écouter avec Heinz et Martin qui par-
laient hollandais à côté. — *I think you're the best*[4],

---

1. « Santa Monica, c'est joli. »   2. Se dit d'un cheval dont le
dos est anormalement creux au niveau de la selle.   3. Dans ce
contexte, cet adjectif a une valeur positive.   4. « C'est quoi le
nom de ton amie, Chris... — Joli nom, et elle aussi est jolie. —
Oui... mais elle a une drôle de voix... et quand elle est en scène,
elle fait un tel raffut... Oui... mais elle est chouette. Peut-être qu'on
ira faire un tour à New York en février... et d'où venez-vous ? —
New York... ça serait fantastique de vous revoir, et votre autre
copine, Florence ? — Oui... elle a un joli minois, mais le reste est

a dit le type, et elle n'a pas répondu, c'était peut-être vrai, il ne disait pas ça comme un compliment. On arrivait au pont de Suresnes, tout plein de flaches[1] et mal entretenu, avec l'autre en construction, à côté, amoché, ils l'avaient commencé en quarante et ça a dû rouiller en cinq ans. La côte de Suresnes, c'est chouette le bruit des pneus d'une grosse bagnole sur le pavé, ça sonne creux et rond, on grimpait en prise. Huit pour une Packard c'est trop ? Quel con ! Tous les chauffeurs sont cons. C'est une sale race. Je les emmerde. Je suis ingénieur, ils sont tous familiers avec les musiciens, ça les flatte, on est de la même race ; des types qui s'aplatissent. Bon, je me vengerai plus tard, avec un colt, je les descendrai tous, mais je ne veux rien risquer parce que ma peau vaut mieux que la leur, ça serait noix de faire de la taule pour des types comme ça. Je me demande pourquoi on ne le ferait pas pour de vrai. Aller trouver un type comme Maxence Van der Meersch[2], je lui dis : — Vous n'aimez pas les souteneurs et les tenanciers de maison, moi non plus, on fait une association secrète, et un soir, par exemple, on fonce dans une Citroën noire et on tue tous ceux de Toulouse. — Ça ne serait pas assez, me dit Van der Meersch, il faut les tuer tous. — Alors, je dis, j'ai une autre idée, on fait une grande réunion syndicale, et puis on les supprime, il suffit d'une bonne organisation. — Si on se fait poirer[3] ? il me dit Van der Meersch. Je lui dis : — Ça ne fait rien, on aura bien rigolé, mais le lendemain il y en aura d'autres à leur

---

moche. — Et qui viendra aussi ? Toutes les filles de la troupe ? — Je pense que c'est vous la meilleure. »

1. Creux ou dépressions du sol.   **2.** Écrivain célèbre à l'époque (1907-1951), romancier chrétien et prolifique, mais d'une parenté intellectuelle peu probable avec Boris Vian.   **3.** Prendre, en argot.

Carte de presse *Jazz-Hot*.
© Archives Fondaction Boris Vian.

place. — Alors, il me dit, on recommencera avec un autre truc. — D'accord, au revoir Maxence. Et la bagnole s'est arrêtée, Golf Club. C'était là. Descendus. On entre, carrelage, poutres apparentes, j'en ai déjà vu des comme ça, on s'est déshabillés dans une petite pièce. Évidemment, ils en ont encore réquisitionné une qui n'est pas mal. Couloir, à gauche, grande salle avec piano, c'est ici.

II

La chaleur surprenante au premier abord. J'ai eu tort de mettre mon sweat-shirt et je devrai faire attention au trou de mon pantalon, mais ma veste est assez longue, ils ne le verront pas, et après tout, c'est rien que des putains et les types je m'en fous. Les radiateurs marchent, on s'assied tous les trois. Martin croit sans doute que c'est pas le genre swing ici, Heinz prend son violon au lieu de sa clarinette et ils jouent un machin tzigane. Pendant ce temps-là, je me repose, je chauffe un peu ma trompette en soufflant dedans, je dévisse le second piston qui accroche quand on met de l'huile et je bave un peu dessus ; trop mou, il n'y a que la bave, même le Slide Oil de Beuscher[1] c'est pas assez fluide et le pétrole, j'ai essayé une fois et la fois d'après, j'ai eu le goût dans la bouche pendant deux heures. Il y a des poutres apparentes peintes en vieux rouge, jaune d'or et bleu roi délavé, très vieux style, une grosse cheminée monumentale avec une pique torsadée porte-flam-

---

1. Huile pour la lubrification des coulisses et pistons de trombones, trompettes, etc. ; Beuscher est une marque célèbre d'instruments de musique.

beau de chaque côté, de vieux fanions sur des
poutres de contreventement à dix mètres du sol, très
haut le plafond. Des têtes de machins empaillés aux
murs, des vieilles armes arabes, juste en face de moi
un Aubusson[1], un genre cigogne et de la verdure
exotique, c'est assez chouette comme tonalité, des
jaunes et des verts jusqu'au bleu-vert, un gros lustre
d'église au milieu, avec au moins cent bougies élec-
triques, des marrantes, avec des lampes vraiment tor-
tillées en forme de flammes. Juste avant que Martin
et Heinz commencent, un type a fermé la radio, le
poste était dissimulé derrière un panneau de la
bibliothèque garni de dos de livres en trompe-l'œil.
Je regarde les jambes de la fille brune en face, elle
a une assez jolie robe de laine gris-bleu, avec une
petite poche sur la manche et une pochette olive,
mais quand je la vois de dos, sa robe est mal coupée
derrière, le buste est trop large et la fermeture éclair
bombe un peu, elle a des souliers compensés, ses
jambes sont bien, fines aux genoux et aux chevilles,
elle n'a pas de ventre et sûrement elle a les fesses
dures, c'est parfait, et sûrement aussi des yeux de
pute. L'autre fille de la voiture est là aussi, elle a un
vilain teint trop blanc, c'est la fille molle, elle a de
la poitrine, j'avais déjà remarqué, mais des jambes
moches et une robe moche à carreaux bruns sur
beige, pas intéressant. Un capitaine français, genre
officier chauve, grand, distingué de la guerre de 14
— pourquoi il me fait cet effet-là ? — ça doit être à
cause des livres de Mac Orlan[2] ; il parle avec la
molle. Il y a aussi deux trois Américains, dont un
capitaine, mais un pas élégant, ils sont tous au pèze[3]

---

1. Ville de la Creuse célèbre pour ses manufactures de tapisserie.
2. Pseudonyme de Pierre Dumarchey, écrivain français (1882-
1970), dont l'œuvre entretient avec celle de Vian une étroite parenté.   3. Être au pèze signifie être riche, en argot.

pour avoir l'air si peu portés sur la toilette. Une espèce de bar à ma gauche après le piano, près de l'entrée, et derrière un larbin, je vois seulement le haut de sa tête. Les types commencent à se taper des whiskies dans des verres à orangeade. L'atmosphère parfaitement emmerdante. Heinz et Martin ont fini leur truc. Aucun succès, on va jouer *Dream* de Johnny Mercer[1], je prends ma trompette, Heinz sa clarinette, il y en a deux qui se mettent à danser et aussi la brune et il arrive aussi quelques autres types. Peu. Il doit y avoir d'autres salles derrière. C'est fou ce que ça chauffe, des radiateurs. Après *Dream*, un truc pour les réveiller, *Margie*, je joue avec la sourdine, ils sont tellement peu à danser, et puis ça sonne mieux avec la clarinette, j'accorde un peu la trompette, j'étais trop haut. Les pianos sont toujours trop hauts d'habitude, mais celui-ci est bas parce qu'il fait chaud. On ne se fatigue pas et ça danse sans grande conviction. Il entre un type en veston noir bordé, chemise et col empesés, pantalon à raies, on dirait un intendant, c'est probablement ça. Il fait un signe au garçon qui nous apporte trois cocktails, du gin orange ou quelque chose comme ça, j'aime mieux le coca-cola, ça va me fiche mal au foie. Il vient ensuite, quand l'air est fini et nous demande ce qu'il peut nous apporter ; bien aimable, il a une figure maigre, le nez rouge et une raie sur le côté et le teint curieux, il a l'air triste, pauvre vieux ça doit être le vomito-negro[2] héréditaire. Il s'en va et nous ramène deux assiettes, l'une avec quatre énormes parts de tarte aux pommes, et dans l'autre une pile

---

1. Mercer, Johnny (1909-1976), auteur, compositeur et chanteur américain qui collabora par exemple avec Duke Ellington, auteur à succès de maintes chansons de films et autres des années 30 aux années 60.   **2.** Fièvre jaune.

de sandwiches, les uns corned-pork, les autres beurre
et foie gras, la vache ce que c'est bon. Pour ne pas
avoir l'air, Martin a un sourire de concupiscence et
son nez rejoint presque son menton, et le type nous
dit : — Vous n'avez qu'à demander si vous en voulez d'autres. On rejoue après avoir mangé un sand-
wich, la jolie brune fait l'andouille et tortille ses
fesses dures en plantant des choux [1] avec l'Américain, ils dansent, tout pliés sur les jarrets en baissant
la tête, comme une exagération de galop 1900, j'en
ai déjà vu faire ça l'autre jour, ça doit être la nouvelle manie, ça vient encore d'Auteuil et des zazous [2]
de là-bas. Juste derrière moi, il y a deux massacres
de cerfs [3] Dittishausen 1916 et Unadingen 21 juin
1928, ça n'a vraiment qu'un intérêt restreint je
trouve, ils sont montés sur des tranches de bois verni
coupées à même la bûche, un peu en biais, c'est
ovale ou, plus exactement, c'est-t-elliptique. Il entre
un Major, non, une étoile d'argent, un colonel, avec
une belle fille dans les bras, belle fille c'est peut-
être trop dire, elle a la peau claire et rose, les traits
ronds comme si on venait de la tailler dans la glace
et si ça avait déjà un peu fondu, ce genre de traits
tout ronds, sans bosses, sans fossettes, ça a quelque
chose d'un peu répugnant, ça cache forcément
quelque chose, ça fait penser à un trou de cul après
un lavement, bien propre et désodorisé. Le type a
l'air complètement machin, un grand pif et des cheveux gris, il la serre amoureusement et elle se frotte,
vous êtes dégueulasses tous les deux, allez baiser
dans un coin et revenez, si ça vous travaille, c'est
idiot ces frottailleries avec ces airs de chat foirant
dans les cendres, bouh ! vous me dégoûtez, sûrement

---

1. Allusion à la chanson enfantine « Savez-vous planter les
choux ? ». **2.** Voir p. 9, n. 2. **3.** Bois de cerfs.

elle est propre et un peu humide entre les cuisses. En voilà une autre blond roux, on voyait en 1910 des photos comme ça, elle a un ruban rouge autour de la tête, *American Beauty*, et ça n'a pas changé, toujours de la fille trop récurée, celle-là, en plus, elle est mal bâtie, les genoux écartés, elle a le genre Alice au Pays des Merveilles [1]. Ça doit être toutes des Américaines ou des Anglaises, la brune danse toujours, on s'arrête de jouer, elle vient près du piano et demande à Martin de jouer *Laura*, il connaît pas, et alors *Sentimental Journey*. Bon. Je fais la sixte demandée. Ils dansent tous. Quelle bande d'enflés ! Est-ce qu'ils dansent pour les airs, pour les filles ou pour danser ? Le colonel continue à se frotter, une fille m'a dit l'autre jour qu'elle ne peut pas blairer les officiers américains, ils parlent toujours politique et ils ne savent pas danser, et en plus, ils sont emmerdants (c'était pas la peine, le reste suffit). Je suis un peu de son avis jusqu'ici, j'aime mieux les soldats, les officiers sont encore plus puants que les aspi [2] français, et pourtant, ça, c'est à faire péter le conomètre, avec leurs petits bâtons à enculer les chevaux. Je suis assis sur une chaise genre rustique-moyenâgeux-cousu-main, c'est bougrement dur aux fesses, si je me lève, gare au trou de mon pantalon. La brune revient, autre entretien avec Martin, vieux salaud, tu lui mettrais bien la main au panier, toi aussi. Je sais pourquoi, il fait chaud et ça nous ragaillardit, d'habitude, sur le show-boat, on les avait à zéro, c'est pas enthousiasmant pour jouer. Le temps passe pas vite, ce soir, c'est plus fatiguant de jouer à trois, et puis cette musique, c'est la barbe ;

---

1. Référence au récit poétique célèbre de Lewis Carroll (1832-1898), l'un des cinq auteurs préférés de Vian (cf. G. Pestureau, *Boris Vian, les amerlauds et les godons, op. cit.*, p. 198 *sqq*.).
2. Abréviation courante du mot *aspirant*.

on joue encore deux airs et on s'arrête un peu, on
bouffe la tarte, et puis un Américain, c'est Bernard
ou O'Hara, celui à qui le chauffeur parlait devant le
Celtique, arrive. — *If you want some coffee you can
get a cup now, come on.* — *Thanks* [1] *!* dit Martin, et
on y va, on retraverse le hall, on tourne à gauche,
petit salon, moquettes, entièrement tendu d'Aubusson, à boiseries de chêne ; sur le divan, il y a le
colonel et sa femelle frotteuse, elle a un tailleur noir,
des bas un peu trop roses mais fins, elle est blonde
et elle a une bouche mouillée ; on passe sans les
regarder, d'ailleurs ça ne les gêne pas du tout, ils ne
font rien, juste du sentiment, et on entre dans une
autre pièce, bar, salle à manger, toujours de l'Aubusson — c'est une manie — et un chic tapis sur la
moquette. Et des pyramides de gâteaux. Environ
deux douzaines de mâles et femelles, ces dernières
dans l'approximative proportion d'un quart, ils
fument et boivent du café au lait. Il y a des assiettes
et des assiettes et on y va, pas trop ostensiblement,
mais avec une décision bien arrêtée. Des petits pains
de mie au raisin fourrés de crème de cacahuètes,
j'aime ça, des petits palets de dame aux raisins, ça
aussi, et de la tarte aux pommes avec une couche de
deux centimètres de marmelade à la crème sous les
pommes et une pâte à s'en faire péter la gueule, on
n'aura pas trop perdu sa soirée. Je bouffe jusqu'à ce
que j'aie plus faim et je continue encore un peu
après, pour être sûr de ne pas avoir de regrets le
lendemain, et je vide ma tasse de café au lait, un
demi-litre environ, et encore quelques gâteaux, Martin et Hertz prennent chacun une pomme, pas moi,
ça me gêne d'emporter des trucs devant ces crétins-

---

1. « Si vous voulez une tasse de café, c'est maintenant. — Merci ! »

là, mais les Hollandais, c'est comme les chiens, ça manque de pudeur et ça n'a de sensibilité qu'à partir du coup de pied au cul. On rôdaille un peu. Je reste le dos vers le mur à cause du trou, et on retourne dans la grande salle, je lâche deux boutons parce que c'est dur de souffler tout de suite après avoir bouffé. On remet ça. La brune est là, elle veut *I Dream of You*. Ah ! je le connais ! Mais pas Martin, ça ne fait rien il lui propose *Dream*, on l'a déjà joué, et il attaque : *Here I've Said it Again*, celui-là je l'aime assez à cause du middle-part[1] où l'on fait une jolie modulation de fa en si bémol sans avoir l'air d'y toucher. Et puis on joue, et on s'arrête, et on rejoue, et on s'endort un peu. Il y a deux nouvelles filles, elles sont crasseuses, sûrement des Françaises, et des tignasses hirsutes, l'air de dactylos intellectuelles, mâtinées de boniches. Tout de suite, il faut qu'elles viennent nous demander du musette, et pour les faire râler, on joue « Le Petit Vin blanc[2] » en swing, elles ne reconnaissent même pas l'air, quelles noix, si, juste à la fin, et elles font une sale gueule, les Américains ils s'en foutent, ils aiment tout ce qui est moche. Je crois que ça se tire, il est plus de minuit, on a joué des tas de vieilles conneries. On se tape un coca-cola dans un grand verre. Martin a été payé tout à l'heure, une grande enveloppe, il a regardé et il a dit : — *Nice people, Roby, they have paid for four musicians, though we were only three*. Il a dit ça, le crétin, ça fait qu'il y a trois mille francs dans l'enveloppe. Martin va pisser et il tend la main, en revenant, pour un paquet de sèches[3] Chesterfields :

---

1. Appelé aussi *bridge*, il s'agit en jazz d'un passage modulé reliant deux sections d'une composition musicale.   **2.** L'une des chansons françaises les plus populaires, datant de 1943, par J. Dréjac et Borel-Clerc, et qui répandit la gloire de Nogent et de ce qu'on y boit.   **3.** Cigarettes, en argot.

— *Thank you, sir, thanks a lot*[1] ! Larbin, va ! Un
grand roux vient me demander quelque chose à propos d'une batterie, il en veut une pour demain, je
lui donne deux adresses, et puis un autre vient et
s'explique mieux, il voulait louer une batterie, alors
il n'y a rien de fait, je ne peux pas lui indiquer
d'adresse pour ça, il offre aussi une cigarette. On
joue et il finit par être une heure. On ferme par *Good
Night, Sweet-heart*, c'est marre, on s'en va. Encore
un... On joue de nouveau *Sentimental Journey*, ça
les trouble que ce soit le dernier, ils sont tendres.
Maintenant, il faut penser à partir. On va se rhabiller.
Froid dans le couloir et l'entrée, je mets mon imper,
Martin me fait signe, il est avec Heinz. Bon. Il me
file sept cents balles, j'ai compris, tu gardes le reste,
tu es un salaud, je t'aplatirais ta sale gueule avec un
plaisir, mais qu'est-ce que tu veux que ça me foute,
je suis moins con que toi et tu as cinquante ans,
j'espère que tu vas crever. Heinz, il le paye pas
devant moi : vous êtes vraiment malins tous les
deux. Les cigarettes, je lui donne ma part, rien que
pour qu'il me dise : — *We thank you very much,
Roby*[2]. Et on attend une bagnole. Dans l'entrée, c'est
carrelé par terre, il y a deux seaux rouges pleins
d'eau et un extincteur et partout des pancartes —
Beware of fire. Don't put your ashes[3], etc. Et je voudrais bien savoir à qui est cette maison, on s'extasie
avec Heinz, ça lui plaît aussi. On retourne dans le
hall. Martin va pisser, il a fauché quelque part un
numéro de *Yank*[4] et il me le donne à garder. On est

1. « Des gens bien, Roby, ils nous paient pour quatre musiciens,
même si on n'était que trois. — Merci, monsieur, merci beaucoup. »   **2.** « On te remercie beaucoup, Roby. »   **3.** « Danger
d'incendie. Ne pas déposer vos cendres... »   **4.** Journal puis heb-
domadaire de l'armée, édité par le ministère de la Guerre américain
pour ses troupes, de juin 1942 à décembre 1945. Avec des pin-
up girls, évidemment, et des dessins comiques, il comportait des
rubriques telles que « Reportages de guerre », « Fiction et

près du téléphone. Martin revient, il me dit : — *Can you call my hotel, Roby, I wonder if my wife's arrived*[1]. Sa femme devait arriver aujourd'hui et je téléphone à son hôtel de la part de M. Romberg si sa clef est au tableau. Oui, elle y est, ta femme n'est pas là. Tu pourras toujours te taper la paluche[2] devant une pin-up girl. On retourne dans le vestibule et on va à la Packard, le chauffeur veut pas nous prendre tous les trois, on l'emmerde. — Pars sans nous, on se débrouillera. On retourne dans le hall, je m'assieds, Heinz râle en sabir pour changer. Martin parlemente avec Doublemètre, c'est un Américain, il est bien gentil, il nous trouve une bagnole, mais Martin va chier et on attend. Je retourne dans le vestibule. Heinz a tout de même donné vingt balles à un des maîtres d'hôtel, il est assez sympa. — À qui est la maison ? — C'est à un Anglais, il est fonctionnaire en Afrique du Sud et il a une autre maison près de Londres. C'est bien et, pendant l'Occupation, les Allemands n'ont pas abîmé du tout, ils y étaient, comme de juste. L'Anglais il a perdu sa femme il y a trois ans, il vient de se remarier, le garçon ne connaît pas encore sa nouvelle patronne. C'est triste de perdre quelqu'un. Lui, il avait un copain, un ami de six ans et il l'a perdu, eh bien ! ça fait un vide qu'on ne peut pas remplir. Je condoulois[3], on se serre la main. Au revoir. Merci. Heinz et Martin arrivent enfin, on sort, la bagnole est dans une allée. C'est une Chrysler, non, c'est l'autre, mieux, une Lincoln. Je pisse contre un arbre, arrivent les deux

humour », « Poèmes », signées par les militaires de l'équipe éditoriale comme par des lecteurs.
    1. « Tu peux m'appeler mon hôtel, Roby, je me demande si ma femme est déjà là. »   **2.** C'est-à-dire « te masturber ».   **3.** Normalement pronominal, ce verbe signifie prendre part à la peine de quelqu'un.

bonniches-dactylos et un Américain, c'est lui le conducteur. Nous trois derrière, lui devant avec les deux filles, elles râlent parce qu'elles sont trop serrées, moi, je m'en fous considérablement, je suis très bien. Elles mettent la radio en marche, on démarre, ça arrache dur. On suit une autre bagnole. La musique ça fait passer le temps, c'est un jazz blanc, ça swingue assez froid, mais c'est drôlement en place. La bagnole marche, je dis à Heinz : — Je me baladerais bien comme ça toute la nuit. Et lui, aime mieux aller se coucher. Paris, Concorde, rue Royale, Boulevards, Vivienne, Bourse, stop... Martin descend, je me fais reconduire ensuite, Heinz est furieux, on a fait tout le tour, on est gare du Nord, il doit revenir à Neuilly, qu'il se démerde avec le gars. Au revoir, mes enfants. Je serre la main du conducteur : — *Thanks a lot. Good night* [1]. Je suis chez moi, enfin au pieu, et juste avant de m'endormir, je me suis changé en canard.

---

1. « Merci beaucoup, bonne nuit. »

L'ÉCREVISSE[*]

* Cette nouvelle a été publiée par Le Livre de Poche dans le recueil *Les Fourmis* (n° 14 782).

Boris Vian à la trompinette au petit jour,
au bord de la Seine, en 1948.

I

Jacques Théjardin[1] était dans son lit, souffrant.
Il avait attrapé l'éclanchelle en jouant de son flûtiau bourru sous un mauvais courant d'air. L'orchestre de musique de chambre dont il faisait
partie acceptait, en effet, car les temps étaient durs,
de se produire dans un simple couloir ; mais si les
musiciens arrivaient de la sorte à subsister malgré
l'inclémence des temps, leur santé risquait fré-
quemment d'en pâtir. Jacques Théjardin ne se sentait pas bien. Sa tête s'était allongée dans un seul
sens et le cerveau ne suivait pas le mouvement ;
aussi, peu à peu, dans le vide ainsi formé, s'intro-
duisaient des corps étrangers, des pensées para-
sites, et, plus fluide, envahissante, de la douleur
en paillettes aiguës comme de l'acide borique
taillé. De temps en temps, Jacques Théjardin tous-
sait, et les corps étrangers venaient choquer dure-
ment la paroi de son crâne, remontant brusquement
le long de la courbe, comme les vagues dans une
baignoire, pour retomber sur eux-mêmes avec un
crissement de sauterelles piétinées. Une bulle, çà
et là, éclatait et de menues projections blanchâtres,
molles comme l'intérieur d'une araignée, étoilaient
la voûte osseuse, aussitôt emportées par les
remous. Jacques Théjardin guettait avec angoisse,
après chaque quinte, le moment où il tousserait de

1. Voir Présentation, p. 12.

nouveau, et comptait à cet effet les secondes au moyen d'un sablier gradué qui reposait sur sa table de nuit. Il était tourmenté par l'idée qu'il ne pourrait faire des exercices de flûtiau comme d'habitude : ses lèvres allaient se ramollir et ses doigts se désaplatir et tout serait à recommencer. Le flûtiau bourru exige de ses adeptes une volonté terrifiante, car on apprend très difficilement à en jouer, mais on oublie très vite le peu qu'on a appris. Il repassait dans sa tête la cadence du dix-huitième mouvement symphonique en bémol plat[1] qu'il était en train de travailler, et les trilles de la cinquante-sixième et cinquante-septième mesures augmentèrent son mal. Il sentit venir la quinte et porta la main à sa bouche pour en retenir une partie. Elle monta, se boursoufla dans sa trachée, et sortit à gros jets turbulents ; la figure de Jacques Théjardin devint pourpre et ses yeux s'injectèrent de sang. Il les essuya du coin d'un mouchoir qu'il avait choisi rouge pour ne pas le tacher.

II

L'escalier se mit à bruire. La rampe, montée sur des tiges métalliques, vibrait comme un gong : c'était sûrement la logeuse qui lui apportait du tilleul. Le tilleul congestionne, à la longue, la prostate, mais Jacques Théjardin n'en prenait pas souvent et il échapperait sans doute à l'opération. Elle n'avait plus qu'un étage à gravir. C'était une belle grosse

---

1. Jeu bilingue ; il manque le nom de la note alors que « plat », de l'anglais *flat*, redouble « bémol » : ainsi, « si bémol » (p. 74) se traduit *B flat*.

femme de trente-cinq ans dont le mari, prisonnier en Allemagne pendant des mois et des mois, s'était établi poseur de barbelés sitôt revenu chez lui, car c'était bien son tour d'enfermer les autres. Il bouclait des vaches en province à longueur de journée et donnait rarement signe de vie. Elle ouvrit la porte sans frapper et fit un grand sourire à Jacques. Elle tenait un pot de faïence bleue et un bol qu'elle posa sur la table de nuit. Sa robe de chambre entrouverte bâilla sur des ombres moussues lorsqu'elle se pencha pour arranger les oreillers, et Jacques perçut le fumet violent de son mystère barbu. Il cligna des yeux, car l'odeur le frappait de face, et désigna du doigt la place incriminée.

— Excusez-moi, dit-il, mais...

Il s'interrompit, en proie à une quinte violente. La logeuse, sans comprendre, se frictionnait le bas-ventre.

— C'est... votre... chose... conclut-il.

Pour qu'il rie, elle saisit à deux mains l'objet hilare et lui fit imiter le bruit du canard fouillant dans la vase ; mais, ne voulant pas faire tousser Jacques, elle referma bien vite sa robe. Un faible sourire détendit le visage du garçon.

— En temps normal, expliqua-t-il pour s'excuser, j'aime assez ça, mais j'ai déjà la tête si pleine de bruits, de sons et d'odeurs...

— Je vous verse du tilleul ? proposa-t-elle, maternelle.

Comme elle lâchait les pans pour lui donner à boire, ils s'écartèrent de nouveau ; Jacques taquinait la bestiole du bout de sa cuillère, et, soudain, cette dernière fut happée d'un coup. Il rit si fort que sa poitrine se déchira. Courbé en deux, suffoquant, il ne sentait même pas les tapes douces et rapides que la logeuse lui administrait sur le dos pour qu'il s'arrête de tousser.

— Je ne suis qu'une bête, dit-elle, se grondant de l'avoir fait rire. Je devrais bien penser que vous n'avez pas le cœur à jouer.

Elle lui rendit sa cuillère et lui tint le bol pendant qu'il buvait, à petites gorgées, le tilleul au goût de fauve qu'il tournait en même temps pour bien mélanger le sucre. Il avala deux tablettes d'aspirine.

— Merci, dit-il. Je vais tâcher de dormir, maintenant.

— Je vous monterai d'autre tilleul, dit la logeuse qui plia en trois le bol et le pot de faïence vides pour les emporter plus commodément.

III

Il se réveilla en sursaut. L'aspirine l'avait fait transpiriner[1] : comme, en vertu du principe d'Archimerdre[2], il avait perdu un poids égal à celui du volume de sueur déplacé, son corps s'était soulevé au-dessus du matelas, entraînant les draps et les couvertures, et le courant d'air ainsi produit ridait la mare de sueur dans laquelle il flottait ; de petites vagues clapotaient sur ses hanches. Il retira la bonde de son matelas et la sueur se déversa dans le sommier. Son corps descendit lentement et reposa de nouveau sur le drap qui fumait comme un cheval-vapeur. La sueur laissait un dépôt gluant sur lequel il glissait dans ses efforts pour se relever et s'accoter

---

1. Le mot-valise naît littéralement sous nos yeux, et en toute logique.   2. La contamination du nom d'Archimède par le fameux « Merdre » de Jarry (*Ubu roi*) dénonce d'avance l'utilisation fantaisiste du fameux principe : « Tout corps plongé dans un fluide subit de la part de ce fluide une poussée verticale de bas en haut égale au poids du fluide qu'il déplace. »

à l'oreiller spongieux. Sa tête recommençait à vibrer
en sourdine, et des meules se formèrent derrière son
cerveau, et se mirent à broyer les substances qui
s'agitaient toujours dans le vide de son crâne. Il leva
les mains doucement et palpa sa tête avec précaution. Il sentait la déformation. Ses doigts glissèrent
de l'occiput aux pariétaux gonflés, touchèrent son
front, suivirent le bord abrupt des orbites et gagnè-
rent les tempes, puis revinrent aux os malaires qui
cédaient légèrement sous la pression. Jacques Théjardin aurait bien voulu voir exactement la forme de
son crâne. Certains sont si jolis de profil, si bien
équilibrés, si ronds. Il s'était fait faire une radiogra-
phie, pendant sa maladie de l'an passé, et toutes les
femmes à qui il l'avait montrée étaient devenues
facilement ses maîtresses. Cet allongement derrière
et cette enflure des pariétaux l'inquiétaient beaucoup. Le flûtiau bourru, peut-être... Ses mains revinrent à l'occiput, s'attardèrent à la jonction du cou,
dont la rotule tournait sans bruit, mais avec une certaine difficulté. Avec un soupir d'impuissance, il
laissa retomber les bras le long de son corps, et, agitant rapidement les fesses de droite à gauche, il se
fit un petit creux confortable dans la croûte encore
tendre, mais qui commençait à s'affermir. Il n'osait
pas trop remuer, car la sueur, dans le sommier, passait, d'un seul coup, de gauche à droite lorsqu'il prenait appui sur le bras droit, déséquilibrant le lit et
l'obligeant à nouer, autour de ses reins, la large
sangle de toile bise qui suffisait à peine à le retenir.
Lorsqu'il s'appuyait sur l'autre bras, le lit se retour-
nait complètement, et le voisin du dessous tapait au
plafond avec le manche d'un gigot dont l'odeur s'in-
filtrait à travers les raies du plancher et soulevait la
tête de Théjardin. Il ne voulait pas siphonner le sommier sur le plancher. Le boulanger du coin lui don-

LA NUIT DE

Grand Gala Artistique — Franco-Allié

donné au profit des F. F. I.,
des Déportés et des Prisonniers de Guerre

Une réalisation de Pierre DAIGUEPERSE

◆

PREMIÈRE PARTIE

◆

1 Ouverture du spectacle avec

LE SWINGTETTE DE
BORIS VIAN
du Hot-Club de France

2. La charmante contorsionniste

Miss DORA

◆

3 De la mélodie à l'opéra, avec

Mlle DARBANS
de l'Opéra-Comique

Programme de la Nuit de la Libération, 7 octobre 1944.
© Archives Fondation Boris Vian.

nerait un bon prix de toute cette sueur : il la mettrait
en bouteilles, étiquetée « Sueur de Front » et les gens
l'achèteraient pour s'aider à manger le pain bluté à
99 pour cent du Ravitaillement.

— Je tousse moins, pensa-t-il.

Sa poitrine se laissait aller régulièrement, et le
bruit de ses poumons s'était fait imperceptible. Il
étendit avec précaution son bras gauche et saisit son
flûtiau posé sur une chaise à côté du lit. Il le coucha
près de lui, puis ses mains remontèrent vers sa tête,
glissèrent de l'occiput aux pariétaux gonflés, touchèrent son front et suivirent le bord abrupt de ses
orbites.

IV

— Il y en avait onze litres, dit le boulanger.

— J'en ai perdu quelques litres, s'excusa Théjardin. Le sommier n'est pas très étanche.

— Elle n'est pas pure, ajouta le boulanger. Si on
la comptait pour dix litres, ça serait plus juste.

— Vous vendrez les onze litres quand même, dit
Jacques.

— Naturellement, dit le boulanger, mais j'aurai
la conscience troublée. Cela doit compter.

— J'ai besoin d'argent, dit Jacques. Je ne joue
pas depuis trois jours.

— Je n'ai pas beaucoup d'argent non plus, dit le
boulanger. Une voiture de vingt-neuf chevaux coûte
cher d'entretien et les domestiques me ruinent.

— Qu'est-ce que vous pouvez me donner ?
demanda Jacques.

— Mon Dieu ! dit le boulanger, je vous en offre
trois francs le litre, et les onze compteront pour dix.

— Faites un effort, dit Jacques. Ce n'est pas beaucoup.

— Bon ! dit le boulanger. J'irai jusqu'à trente-trois francs, mais c'est une escroquerie.

— Donnez, dit Jacques.

Le boulanger tira de son portefeuille six coupures de sept francs.

— Rendez-moi neuf francs, dit-il.

— Je n'ai que dix francs, dit Jacques.

— Cela fera l'affaire, dit le boulanger.

Il empocha l'argent, souleva le seau, et se dirigea vers la porte.

— Tâchez de m'en faire d'autre, dit-il.

— Non, dit Jacques. Je n'ai plus de fièvre.

— Tant pis ! dit le boulanger, et il sortit.

Les mains de Jacques remontèrent à sa tête et il se remit à caresser ses os déformés. Il tentait de soulever son crâne ; il aurait voulu en connaître le poids exact, mais il devait attendre d'être tout à fait guéri, et puis son cou le gênait.

V

Péniblement, il rejeta ses couvertures. Ses jambes maigres, ondulées par cinq jours de repos, s'allongeaient devant lui. Il les considéra sans entrain, tenta de les lisser du plat de la main, puis, renonçant, s'assit sur le bord du lit et se leva avec effort. À cause de ses jambes, il avait perdu cinq bons centimètres. Il bomba le torse et ses côtes craquèrent. L'éclanchelle laissait des traces. Sa robe de chambre tombait en longs plis flasques sur ses fesses creuses. Ses lèvres ramollies et ses doigts gonflés ne lui permettaient plus de jouer du flûtiau bourru, il le constata tout de suite.

Abattu, il se laissa tomber sur une chaise, la tête dans ses mains. Ses doigts palpaient machinalement ses tempes et son front pesant.

VI

Le chef de l'orchestre dans lequel jouait Jacques montait l'escalier ; il s'arrêta une minute devant la porte, lut la carte et entra.

— Bonjour, dit-il. Alors, tu vas mieux ?

— Je me lève à l'instant, dit Jacques. Je suis mou.

— Ça sent drôle dans l'escalier, dit le chef.

— C'est la logeuse, dit Jacques. Elle ne ferme jamais sa robe.

— Ça sent bon, dit le chef. Ça sent le garenne.

— Oui, dit Jacques.

— Quand reviens-tu jouer avec nous ? demanda le chef.

— Il y a des affaires ? demanda Jacques. Je ne voudrais plus jouer en couloir. Après tout, la musique de chambre, c'est de la musique de chambre...

— Tu ne vas pas dire que c'est de ma faute si tu as attrapé l'éclanchelle, dit le chef. Après tout, nous avons tous joué dans ce couloir.

— Je sais, dit Jacques, mais j'étais devant le courant d'air et c'est pour cela que vous n'avez rien eu.

— C'est des histoires, dit le chef. D'ailleurs, tu as toujours eu un sale caractère.

— Non, dit Jacques, mais je n'aime pas être malade, c'est mon droit.

— Je devrais te remplacer, dit le chef. On ne peut pas jouer avec un type qui se fâche pour tout.

— Enfin, dit Jacques, j'ai failli crever !...

— Tu m'embêtes, dit le chef. Je n'y suis pour rien. Quand peux-tu recommencer à jouer ?

— Je ne sais pas, dit Jacques. Je suis mou.

— Tu commences à exagérer, dit le chef. Ce n'est pas comme ça qu'on travaille. Je vais demander à Albert de te remplacer.

— Paye-moi les deux cachets que tu me dois, dit Jacques. Il faut que je donne de l'argent à la logeuse.

— J'en ai pas sur moi, dit le chef. Au revoir. Je vais chez Albert. Tu as trop mauvais caractère.

— Quand me paieras-tu ? dit Jacques.

— Oh !... Je te paierai, dit le chef. Je m'en vais.

Les doigts de Jacques erraient sur son front et ses yeux étaient à demi fermés. Quatre kilos, peut-être ?...

VII

Le petit réchaud à alcool bourdonnait vaillamment et, agacée par le bruit, l'eau commençait à frémir dans la marmite d'aluminium. Cela faisait beaucoup d'eau pour un si léger réchaud, mais il en viendrait à l'eau bout.

Jacques attendait sur une chaise. Pour s'occuper, il travaillait un peu le flûtiau. Chaque fois, il manquait le *si* bémol de deux centimètres, mais à la fin, il réussit à l'attraper et l'écrasa entre deux doigts, content d'avoir triomphé. Ça revenait.

Il s'arrêta car la douleur revenait aussi dans sa tête. Et l'eau commençait à bouillir.

— Peut-être plus de quatre kilos, se dit-il. On va voir...

Alors il prit un grand couteau et se coupa la tête. Il la mit dans l'eau bouillante avec un peu de cristaux pour la nettoyer et ne pas fausser la pesée. Et puis il mourut avant d'avoir terminé, car ceci se passait en 1945, et la médecine n'était pas encore perfectionnée comme maintenant. Il monta au ciel dans un gros nuage rond. Il n'avait aucune raison d'aller ailleurs.

LE RAPPEL *

---

* Cette nouvelle a été publiée par Le Livre de Poche dans le recueil *L'Herbe rouge* (n° 2 622).

Carnet du Cercle Legâteux créé le 26 mai 1941
par Boris Vian, entre autres.

I

Il faisait beau. Il traversa la trente-et-unième rue, longea deux blocks[1], dépassa le magasin rouge et, vingt mètres plus loin, pénétra au rez-de-chaussée de l'Empire State[2] par une porte secondaire.

Il prit l'ascenseur direct jusqu'au cent dixième étage et termina la montée à pied au moyen de l'échelle extérieure en fer, ça lui donnerait le temps de réfléchir un peu. Il fallait faire attention de sauter assez loin pour ne pas être battu sur la façade par le vent. Tout de même, s'il ne sautait pas trop loin, il pourrait en profiter pour jeter au passage un coup d'œil chez les gens, c'est amusant. À partir du quatre-vingtième, le temps de prendre un bon élan.

Il tira de sa poche un paquet de cigarettes, vida l'une d'elles de son tabac, lança le léger papier. Le vent était bon, il longeait la façade. Son corps dévierait tout au plus de deux mètres en largeur. Il sauta.

L'air chanta dans ses oreilles et il se rappela le bistro près de Long Island[3], à l'endroit où la route fait un coude près d'une maison de style virginal. Il

---

1. Un *block* est un pâté de maisons ou d'immeubles, généralement carré, les rues étant perpendiculaires dans les villes nord-américaines. C'est une mesure de distance linéaire urbaine couramment employée. **2.** L'Empire State Building, bâti en 1929-1931, pour une hauteur de 391 m, avec cent deux étages, était alors le plus haut édifice du monde. **3.** Île de plus de 170 km de long à l'est de New York, à la fois lieu de résidence et de loisirs.

buvait un pétrouscola [1] avec Winnie au moment où
le gosse était entré, des habits un peu lâches autour
de son petit corps musclé, des cheveux de paille et
des yeux clairs, hâlé, sain, pas très hardi. Il s'était
assis devant une crème glacée plus haute que lui et
il avait mangé sa crème. À la fin, il était sorti de son
verre un oiseau comme on en trouve rarement dans
cet endroit-là, un oiseau jaune avec un gros bec bos-
sué [2], des yeux rouges fardés de noir et les plumes
des ailes plus foncées que le reste du corps.

Il revit les pattes de l'oiseau annelées de jaune et
de brun. Tout le monde dans le bistro avait donné
de l'argent pour le cercueil du gosse. Un gentil
gosse. Mais le quatre-vingtième étage approchait et
il ouvrit les yeux.

Toutes les fenêtres restaient ouvertes par ce jour
d'été, le soleil éclairait de plein fouet la valise
ouverte, l'armoire ouverte, les piles de linge que l'on
s'apprêtait à transmettre de la seconde à la première.
Un départ : les meubles brillaient. À cette saison, les
gens quittaient la ville. Sur la plage de Sacramento,
Winnie, en maillot noir, mordait un citron doux. À
l'horizon, un petit yacht à voiles se rapprocha, il
tranchait sur les autres par sa blancheur éclatante.
On commençait à percevoir la musique du bar de
l'hôtel. Winnie ne voulait pas danser, elle attendait
d'être complètement bronzée. Son dos brillait, lisse
d'huile, sous le soleil, il aimait à voir son cou décou-
vert. D'habitude, elle laissait ses cheveux sur ses
épaules. Son cou était très ferme. Ses doigts se rap-
pelaient la sensation des légers cheveux que l'on ne
coupe jamais, fins comme les poils à l'intérieur des

---

1. Cocktail imaginaire semblant sorti tout droit du *pianocktail*
de *L'Écume des jours*, mais dont le nom croise en un mariage
improbable le grand cru de Bordeaux, Petrus, et le Coca-Cola.
2. Déformé par des bosses.

oreilles d'un chat. Quand on frotte lentement ses cheveux à soi derrière ses oreilles à soi, on a dans la tête le bruit des vagues sur des petits graviers pas encore tout à fait sable. Winnie aimait qu'on lui prît le cou entre le pouce et l'index par-derrière. Elle redressait la tête en fronçant la peau de ses épaules, et les muscles de ses fesses et de ses cuisses se durcissaient. Le petit yacht blanc se rapprochait toujours, puis il quitta la surface de la mer, monta en pente douce vers le ciel et disparut derrière un nuage juste de la même couleur.

Le soixante-dixième étage bourdonnait de conversations dans des fauteuils en cuir. La fumée des cigarettes l'entoura d'une odeur complexe. Le bureau du père de Winnie sentait la même odeur. Il ne le laisserait donc pas placer un mot. Son fils à lui n'était pas un de ces garçons qui vont danser le soir au lieu de fréquenter les clubs de l'YMCA[1]. Son fils travaillait, il avait fait ses études d'ingénieur et il débutait en ce moment comme ajusteur, et il le ferait passer dans tous les ateliers pour apprendre à fond le métier et pouvoir comprendre et commander les hommes. Winnie, malheureusement, un père ne peut pas s'occuper comme il l'entend de l'éducation de sa fille, et sa mère était trop jeune, mais ce n'est pas une raison parce qu'elle aime le flirt comme toutes les filles de son âge pour... Vous avez de l'argent ? Vous vivez déjà ensemble... Ça m'est égal, ça n'a que trop duré déjà. La loi américaine punit heureusement ces sortes de choses et Dieu merci j'ai suffisamment d'appuis politiques pour mettre fin à...

---

1. La *Young Men's Christian Association* (Association chrétienne de jeunes hommes) gère clubs et résidences dans tous les États-Unis.

Comprenez-vous, je ne sais pas d'où vous sortez,
moi !...

La fumée de son cigare posé sur le cendrier montait comme il parlait, et prenait dans l'air des formes
capricieuses. Elle se rapprochait de son cou, l'entou-
rait, se resserrait, et le père de Winnie ne semblait
pas la voir ; et quand la figure bleuie toucha la glace
du grand bureau, il s'enfuit car on l'accuserait sûrement de l'avoir tué. Et voilà qu'il descendait maintenant, le soixantième n'offrait rien d'intéressant à
l'œil... une chambre de bébé crème et rose. Quand
sa mère le punissait, c'est là qu'il se réfugiait, il
entrouvrait la porte de l'armoire et se glissait à l'intérieur dans les vêtements. Une vieille boîte à chocolat en métal lui servait à cacher ses trésors. Il se
rappelait la couleur orange et noire avec un cochon
orange qui dansait en soufflant dans une flûte. Dans
l'armoire on était bien sauf vers le haut, entre les
vêtements pendus, on ne savait pas ce qui pouvait
vivre dans ce noir, mais au moindre signe, il suffisait
de pousser la porte. Il se rappelait une bille de verre
dans la boîte, une bille avec trois spirales orange et
trois spirales bleues alternées, le reste, il ne se souve-
nait plus quoi. Une fois, il était très en colère, il avait
déchiré une robe à sa mère, elle les mettait chez lui
parce qu'elle en avait trop dans son placard, et elle
n'avait jamais pu la reporter. Winnie riait tant, leur
première soirée de danse ensemble, il croyait que sa
robe était déchirée. Elle était fendue du genou à la
cheville et du côté gauche seulement. Chaque fois
qu'elle avançait cette jambe, la tête des autres types
tournait pour suivre le mouvement. Comme d'habitude on venait l'inviter toutes les fois qu'il partait au
buffet lui chercher un verre de quelque chose de fort,
et la dernière fois son pantalon s'était mis à rétrécir
jusqu'à s'évaporer, et il se trouvait les jambes nues

en caleçon, avec son smoking court et le rire atroce
de tous ces gens, et il s'était enfoncé dans la muraille
à la recherche de sa voiture. Et seule Winnie n'avait
pas ri.

Au cinquantième, la main de la femme aux ongles
laqués reposait sur le col du veston au dos gris et sa
tête se renversait à droite sur le bras blanc que termi-
nait la main. Elle était brune. On ne voyait rien de
son corps, dissimulé par celui de l'homme, qu'une
ligne de couleur, la robe en imprimé de soie, claire
sur fond bleu. La main crispée contrastait avec
l'abandon de la tête, de la masse des cheveux étalés
sur le bras rond. Ses mains se crispaient sur les seins
de Winnie, petits, peu saillants, charnus, gonflés
d'un fluide vivant, à quoi comparer cette sensation,
aucun fruit ne peut la donner, les fruits n'ont pas
cette absence de température propre, un fruit est
froid, cette adaptation parfaite à la main, leur pointe
un peu plus dure s'encastrait exactement à la base
de l'index et du médius, dans le petit creux de chair.
Il aimait qu'ils vivent sous sa main, exercer une
douce pression de droite à gauche, du bout des
doigts à la paume, et incruster étroitement ses pha-
langes écartées dans la chair de Winnie jusqu'à sentir les tubes transversaux des côtes, jusqu'à lui faire
mordre en représailles la première épaule, la droite,
la gauche, il ne gardait pas de cicatrices, elle arrêtait
toujours le jeu pour des caresses plus apaisantes, qui
ne laissaient pas aux mains cette indispensable envie
d'étreindre, de faire disparaître dans les paumes
refermées ces absurdes avancées de chair, et aux
dents ce désir amer de mâcher sans fin cette sou-
plesse jamais entamée, comme on mâcherait une
orchidée.

Quarante. Deux hommes debout devant un

Boris Vian compose une chanson sur sa guitare-lyre
aux côtés d'Ursula.

bureau. Derrière, un autre, il le voyait de dos, assis.
Ils étaient tous trois habillés de serge bleue, che-
mises blanches, ils étaient massifs, enracinés sur la
moquette beige, issus du sol, devant ce bureau d'acajou, aussi indifférents que devant une porte fermée...
la sienne... On l'attendait peut-être en ce moment, il
les voyait monter par l'ascenseur, deux hommes
vêtus de serge bleue, coiffés de feutre noir, indifférents, peut-être une cigarette aux lèvres. Ils frappe-
raient, et lui, dans la salle de bains, reposerait le
verre et la bouteille, renverserait, nerveux, le verre
sur la tablette de glace — et se dirait ce n'est pas
possible, ils ne savent pas déjà — est-ce qu'on
l'avait vu — et il tournerait dans la chambre sans
savoir quoi faire, ouvrir aux deux hommes en costume foncé derrière la porte ou chercher à s'en aller
— et il tournait autour de la table et voyait un seul
coup, inutile de s'en aller, il restait Winnie sur tous
les murs, sur les meubles, on comprendrait sûrement,
il y avait la grande photo dans le cadre d'argent au-
dessus de la radio, Winnie, les cheveux flous, un
sourire aux yeux — sa lèvre inférieure était un peu
plus forte que l'autre, elle avait des lèvres rondes,
saillantes et lisses, elle les mouillait du bout de sa
langue pointue avant d'être photographiée pour donner l'éclat brillant des photos des vedettes — elle se
maquillait, passait le rouge sur la lèvre supérieure,
beaucoup de rouge, soigneusement, sans toucher
l'autre lèvre, et puis pinçait sa bouche en la rentrant
un peu et la lèvre supérieure se décalquait sur
l'autre, sa bouche vernie de frais comme une baie
de houx, et ses lèvres résultaient l'une de l'autre, se
complétaient parfaitement, on avait à la fois envie
de ces lèvres et peur de rayer leur surface, unie avec
un point brillant. Se contenter à ce moment-là de
baisers légers, une mousse de baisers à peine

effleurés, savourer ensuite le goût fugitif et délicieux
du rouge parfumé — Après tout, c'était l'heure de
se lever, tout de même, il l'embrasserait de nouveau
plus tard — les deux hommes qui l'attendaient à la
porte... et par la fenêtre du trentième, il vit sur la
table une statuette de cheval, un joli petit cheval
blanc en plâtre sur un socle, si blanc qu'il paraissait
tout nu. Un Cheval Blanc. Lui préférait le Paul
Jones[1], il le sentait battre sourdement au creux de
son ventre, envoyer ses ondes bienfaisantes — juste
le temps de vider la bouteille avant de filer par
l'autre escalier. Les deux types — au fait, étaient-ils
venus, ces deux types ? — devaient l'attendre devant
la porte. Lui, tout bien rempli de Paul Jones — La
bonne blague. Frapper ? C'était peut-être la négresse
qui nettoyait la chambre... Deux types ? drôle d'idée.
Les nerfs, il suffit de les calmer avec un peu d'alcool
— Agréable promenade, arrivée à l'Empire State —
Se jeter d'en haut. Mais ne pas perdre son temps —
Le temps, c'est précieux. Winnie était arrivée en
retard au début, c'était seulement des baisers, des
caresses sans importance. Mais le quatrième jour,
elle attendait la première, il avait demandé pourquoi,
narquoisement, elle rougissait, ça non plus, ça
n'avait pas duré, et c'est lui qui rougissait de sa
réponse une semaine plus tard. Et pourquoi ne pas
continuer comme ça, elle voulait l'épouser, il voulait
bien aussi, leurs parents pourraient s'entendre ?
Sûrement non, quand il était entré dans le bureau du
père de Winnie, la fumée de la cigarette avait
étranglé le père de Winnie — mais la police ne vou-
drait pas le croire, était-ce la négresse ou bien les
deux types en costumes foncés, fumant peut-être une

---

1. Deux marques américaines de whisky, dont le nom de la première (*White Horse*) est ici traduit.

cigarette, après avoir bu du Cheval Blanc en tirant
en l'air pour effrayer les bœufs, et ensuite les rattra-
per avec un lasso à bout doré.

Il oublia d'ouvrir les yeux au vingtième et s'en
aperçut trois étages plus bas. Il y avait un plateau
sur une table et la fumée coulait verticalement dans
le bec de la cafetière ; alors il s'arrêta, mit de l'ordre
dans sa toilette, car sa veste était toute retournée et
remontée par trois cents mètres de chute ; et il entra
par la fenêtre ouverte.

Il se laissa choir dans un gélatineux fauteuil de
cuir vert, et attendit.

II

La radio fredonnait en sourdine un programme de
variétés. La voix contenue et infléchie de la femme
réussit à renouveler un vieux thème. C'étaient les
mêmes chansons qu'avant, et la porte s'ouvrit. Une
jeune fille entra.

Elle ne parut pas surprise de le voir. Elle portait
de simples pyjamas de soie jaune, avec une grande
robe de la même soie, ouverte devant. Elle était un
peu hâlée, pas maquillée, pas spécialement jolie,
mais tellement bien faite.

Elle s'assit à la table et se versa du café, du lait,
puis elle prit un gâteau.

— Vous en voulez ? proposa-t-elle.

— Volontiers.

Il se leva à demi pour prendre la tasse pleine
qu'elle lui tendait, de légère porcelaine chinoise, mal
équilibrée sous la masse du liquide.

— Un gâteau ?

Il accepta, se mit à boire à gorgées lentes, en mâchant les raisins du gâteau.

— D'où venez-vous, au fait ?

Il reposa sa tasse vide sur le plateau.

— De là-haut.

Il montrait la fenêtre d'un geste vague.

— C'est la cafetière qui m'a arrêté. Elle fumait.

La fille approuva.

Toute jaune, cette fille. Des yeux jaunes aussi, des yeux bien fendus, un peu étirés aux tempes, peut-être simplement sa façon d'épiler ses sourcils. Probablement. Bouche un peu grande, figure triangulaire. Mais une taille merveilleuse bâtie comme un dessin de magazine, les épaules larges et les seins hauts, avec des hanches — à profiter de suite — et des jambes longues.

Le Paul Jones, pensa-t-il. Elle n'est pas réellement comme ça. Ça n'existe pas.

— Vous ne vous êtes pas embêté pendant tout le temps que vous avez mis à venir ? demanda-t-elle.

— Non... J'ai vu des tas de choses.

— Vous avez vu des tas de choses de quel ordre ?...

— Des souvenirs... dit-il. Dans les chambres, par les fenêtres ouvertes.

— Il fait très chaud, toutes les fenêtres sont ouvertes, dit-elle avec un soupir.

— Je n'ai regardé que tous les dix étages, mais je n'ai pas pu voir au vingtième. Je préfère cela.

— C'est un pasteur... jeune, très grand et très fort... Vous voyez le genre ?

— Comment pouvez-vous le savoir ?...

Elle mit un temps à lui répondre. Ses doigts aux ongles dorés enroulaient machinalement la cordelière de soie de son ample robe jaune.

— Vous auriez vu, continua-t-elle, en passant

devant la fenêtre ouverte, une grande croix de bois foncé sur le mur du fond. Sur son bureau, il y a une grosse Bible et son chapeau noir est accroché dans l'angle.

— Est-ce tout ? demanda-t-il.

— Vous auriez vu sans doute aussi autre chose...

Quand venait Noël, il y avait des fêtes chez ses grands-parents à la campagne. On garait la voiture dans la remise à côté de celle de ses grands-parents, une vieille voiture confortable et solide, à côté des deux tracteurs aux chenilles hérissées, encroûtées de terre brune sèche et de tiges d'herbes fanées, coincées dans les articulations des plaquettes d'acier. Pour ces occasions-là, grand-mère faisait toujours des gâteaux de maïs, des gâteaux de riz, toutes sortes de gâteaux, des beignets, il y avait aussi du sirop d'or, limpide et un peu visqueux, que l'on versait sur les gâteaux, et des animaux rôtis, mais il se réservait pour les sucreries. On chantait ensemble devant la cheminée à la fin de la soirée.

— Vous auriez peut-être entendu le pasteur faire répéter sa chorale, dit-elle.

Il se rappelait bien l'air.

— Sans doute, approuva la fille. C'est un air très connu. Ni meilleur ni pire que les autres. Comme le pasteur.

— Je préfère que la fenêtre du vingtième ait été fermée, dit-il.

— Pourtant, d'habitude...

Elle s'arrêta.

— On voit un pasteur avant de mourir ? compléta-t-il.

— Oh, dit la fille, cela ne sert à rien. Moi je ne le ferais pas.

— À quoi servent les pasteurs ?

Il posait la question à mi-voix, presque pour lui-même ; peut-être à vous faire penser à Dieu. Mais ça n'avance à rien si l'on veut mourir. Dieu n'a d'intérêt que pour les pasteurs et pour les gens qui ont peur de mourir, pas pour ceux qui ont peur de vivre, pas pour ceux qui ont peur d'autres hommes en costume foncé, qui viennent frapper à votre porte et vous faire croire que c'est la négresse ou vous empêchent de terminer une bouteille de Paul Jones entamée. Dieu ne sert plus à rien quand c'est des hommes que l'on a peur.

— Je suppose, dit la fille, que certaines personnes ne peuvent s'en passer. Ils sont commodes pour les gens religieux, en tout cas.

— Il doit être inutile de voir un pasteur si l'on veut mourir volontairement, dit-il.

— Personne ne veut mourir volontairement, conclut la fille. Il y a toujours un vivant et un mort qui vous y poussent. Il faut un vivant et un mort pour faire mourir un vivant. C'est pour cela qu'on a besoin des morts et qu'on les garde dans des boîtes.

— Ce n'est pas évident, protesta-t-il.

— Est-ce que cela ne vous apparaît pas clairement ? demanda-t-elle doucement.

Il s'enfonça un peu plus profondément dans le fauteuil vert.

— J'aimerais une autre tasse de café, dit-il.

Il sentait sa gorge un peu sèche. Pas envie de pleurer, quelque chose de différent, mais avec des larmes aussi.

— Voulez-vous quelque chose d'un peu plus fort ? demanda la fille jaune.

— Oui. Cela me ferait plaisir.

Elle se levait, sa robe jaune luisait dans le soleil et entrait dans l'ombre. Elle tira d'un bar d'acajou une bouteille de Paul Jones.

— Arrêtez-moi, dit-elle.

— Comme ça !...

Il la stoppa d'un geste impératif. Elle lui tendit le verre.

— Vous, dit-il, est-ce que vous regarderiez par les fenêtres en descendant ?

— Je n'aurais pas besoin de regarder, dit la fille, il y a la même chose à chaque étage et je vis dans la maison.

— Il n'y a pas la même chose à chaque étage, protesta-t-il, j'ai vu des pièces différentes toutes les fois que j'ouvrais les yeux.

— C'est le soleil qui vous trompait.

Elle s'assit près de lui sur le fauteuil de cuir et le regarda.

— Les étages sont tous pareils, dit-elle.

— Jusqu'en bas c'est la même chose ?

— Jusqu'en bas.

— Voulez-vous dire que si je m'étais arrêté à un autre étage je vous aurais trouvée ?

— Oui.

— Mais ce n'était pas du tout pareil... Il y avait des choses agréables, mais d'autres abominables... Ici c'est différent.

— C'était la même chose. Il fallait s'y arrêter.

— C'est peut-être le soleil qui me trompe aussi à cet étage, dit-il.

— Il ne peut pas vous tromper puisque je suis de la même couleur que lui.

— Dans ce cas, dit-il, je ne devrais pas vous voir...

— Vous ne me verriez pas si j'étais plate comme une feuille de papier, dit-elle, mais...

Elle ne termina pas sa phrase et elle avait un léger sourire. Elle était très près de lui et il pouvait sentir son parfum, vert sur ses bras et son corps, un parfum de prairie et de foin, plus mauve près des cheveux, plus sucré et plus bizarre aussi, moins naturel.

Il pensait à Winnie. Winnie était plus plate mais il la connaissait mieux. Même il l'aimait.

— Le soleil, au fond, c'est la vie, conclut-il après un moment.

— N'est-ce pas que je ressemble au soleil avec cette robe ?

— Si je restais ? murmura-t-il.

— Ici ?

Elle haussa les sourcils.

— Ici.

— Vous ne pouvez pas rester, dit-elle simplement. Il est trop tard.

À grand-peine, il s'arracha du fauteuil. Elle posa la main sur son bras.

— Une seconde, dit-elle.

Il sentit le contact des deux bras frais. De près, cette fois, il vit les yeux dorés, piquetés de lueurs, les joues triangulaires, les dents luisantes. Une seconde, il goûta la pression tendre des lèvres entrouvertes, une seconde il eut tout contre lui le corps drapé de soie resplendissante et déjà il était seul, déjà il s'éloignait, elle souriait de loin, un peu triste, elle se consolerait vite, on le voyait aux coins déjà relevés de ses yeux jaunes — il quittait la pièce, rester était impossible. Il fallait tout reprendre au début et cette fois, ne plus s'arrêter en route. Il remonta au sommet de l'immense bâtiment, se jeta dans le vide, et sa tête fit une méduse rouge sur l'asphalte de la Cinquième Avenue.

LES CHIENS, LE DÉSIR ET LA MORT *

---

* Cette nouvelle a été publiée par Le Livre de Poche dans le recueil *Le Loup-garou* (n° 14 853).

They begin with dogs

Les chiens, le désir et la mort

Ils m'ont eu. Je passe à la chaise demain. ~~J'ai~~
~~voulu~~ l'écrire ~~tout de même~~, j'ai voulu expliquer. Le ~~jury~~
n'a pas compris. Et puis ~~elle~~ est morte,
maintenant et c'était ~~elle~~ Slacks. Difficile de parler en
sachant qu'on ne le croirait pas. Si Slacks avait
pu se tirer de la bagnole. Si elle avait pu
venir le raconter. N'en parlons plus, il n'y
a rien à faire. Plus sur terre.

Le chiendent, quand on est conducteur de
taxi, c'est les habitudes qu'on prend. On roule
toute la journée et à force on connaît tous les
quartiers. Il y en a qu'on préfère à d'autres.
Je connais des types, ~~qui~~ qui se feraient hacher
plutôt que d'emmener un client à Brooklyn.
Moi je le fais volontiers. ~~Je me suis~~ je le
faisais volontiers, ~~parce que~~ parce que maintenant, je ne
le ferai plus. C'est ~~comme~~ une habitude cela que j'~~avais~~ pris
~~de Halliday~~ de ~~je~~ passais presque tous les soirs vers
~~onze~~ ~~une~~ heures au Three Deuces. ~~Halliday~~
~~était~~ ~~Une~~ fois j'~~avais amené~~ ~~à~~ un client saoul
à rouler, il a voulu que j'y entre avec lui. Quand
je suis ressorti, je savais le genre de ~~choses~~ celles
qu'on ~~faisait~~ là-dedans. Depuis ce moment là
— C'est idiot, vous le direz vous-même. ~~Alors~~
Tous les soirs, à ~~onze~~ une heures moins cinq ~~une~~
heures cinq j'y passais. ~~Ils avaient~~ à ce moment là,
~~ils avaient souvent des~~
chanteurs, au Deuces, et je savais qui était celle-
là. Slacks, ils l'appelaient, parce qu'elle était
en pantalons plus souvent qu'autre chose. Ils ont
dit aussi dans les journaux qu'elle était lesbienne.
Presque toujours, elle sortait avec les deux mêmes

Ils m'ont eu. Je passe à la chaise[1] demain. Je vais l'écrire tout de même, je voudrais expliquer. Le jury n'a pas compris. Et puis Slacks est morte maintenant, et c'était difficile de parler en sachant qu'on ne le croirait pas. Si Slacks avait pu se tirer de la bagnole. Si elle avait pu venir le raconter. N'en parlons plus, il n'y a rien à faire. Plus sur terre.

Le chiendent, quand on est conducteur de taxi, c'est les habitudes qu'on prend. On roule toute la journée et à force on connaît tous les quartiers. Il y en a qu'on préfère à d'autres. Je connais des types, par exemple, qui se feraient hacher plutôt que d'emmener un client à Brooklyn. Moi je le fais volontiers. Je le faisais volontiers, je veux dire, parce que maintenant je ne le ferai plus. C'est une habitude comme cela que j'ai prise, je passais presque tous les soirs vers une heure au Three Deuces[2]. Une fois, j'y avais amené un client saoul à rouler, il a voulu que j'y entre avec lui. Quand je suis ressorti, je savais le genre de filles qu'on trouvait là-dedans. Depuis ce moment-là — c'est idiot, vous le direz vous-même.

Tous les soirs, à une heure moins cinq une heure

---

1. La chaise électrique, instrument barbare destiné à infliger la peine de mort, toujours en vigueur dans plusieurs États des États-Unis. 2. Avec l'Onyx, le Three Deuces marqua le début de New York comme capitale du jazz ; tout au long des années 30, et d'abord fréquentés par des jazzmen blancs, les petits clubs se multiplièrent le long de la 52e Rue – *Swing Street* –, entre les 5e et 6e Avenues. Avec les années 40, le Three Deuces suivit l'évolution du jazz vers de petites formations de be-bop, et Charlie Parker s'y produisit. Ce nom signifie « Trois Deux » (du jeu de cartes) et Vian peut y mettre une interprétation symbolique...

cinq j'y passais. Elle sortait à ce moment-là. Ils
avaient souvent des chanteuses, au Deuces, et je
savais qui était celle-là. Slacks, ils l'appelaient,
parce qu'elle était en pantalons plus souvent
qu'autre chose[1]. Ils ont dit aussi dans les journaux
qu'elle était lesbienne. Presque toujours, elle sortait
avec les deux mêmes types, son pianiste et son bas-
siste, et ils filaient dans la voiture du pianiste. Ils
passaient ailleurs et revenaient au Deuces finir la
soirée. Je l'ai su après.

Je ne restais jamais longtemps là. Je ne pouvais
pas garder mon taxi pas libre tout le temps, ni sta-
tionner trop longtemps non plus et il y avait toujours
plus de clients dans ce coin que n'importe où ailleurs. Mais le soir dont je parle, ils se sont
engueulés, quelque chose de sérieux. Elle a flanqué
son poing dans la figure du pianiste. Cette fille tapait
drôlement dur. Elle l'a descendu aussi net qu'un flic.
Il était plein, mais même à jeun, je crois qu'il serait
tombé. Seulement, saoul comme ça, il est resté par
terre et l'autre essayait de le ranimer en lui flanquant
des beignes à lui emporter le citron. Je n'ai pas vu
la fin, parce qu'elle s'est amenée, elle a ouvert la
porte du taxi et elle s'est assise à côté de moi, sur le
strapontin. Et puis elle a allumé un briquet et elle
m'a regardé sous le nez.

— Vous voulez que j'allume le plafonnier de la
bagnole ?

Elle a dit non et elle a éteint son briquet, et je suis
parti. Je lui ai demandé l'adresse cinquante mètres
plus loin après avoir tourné dans York Avenue,
parce que je me rendais compte, enfin, qu'elle
n'avait rien dit.

----

1. Les *slacks* désignent effectivement des pantalons, de tenue
assez décontractée, mais autant pour les femmes que pour les
hommes.

— Tout droit.

Moi, ça m'était égal, hein, le compteur tournait. Alors j'ai foncé tout droit. À cette heure-là, il y a du monde dans les quartiers des boîtes, mais dès qu'on quitte le centre, c'est fini. Les rues sont vides. On ne le croit pas, mais c'est pire que la banlieue, passé une heure. Quelques bagnoles et un type de temps en temps.

Après cette idée de s'asseoir à côté de moi, je ne pouvais m'attendre à quelque chose de normal de la part de cette fille. Je la voyais de profil. Elle avait des cheveux noirs jusqu'aux épaules, et un teint tellement clair qu'elle avait l'air malade. Elle se maquillait les lèvres avec un rouge presque noir et sa bouche avait l'air d'un trou d'ombre. La voiture filait toujours. Elle s'est décidée à parler.

— Donnez-moi votre place.

J'ai arrêté la voiture. J'étais décidé à ne pas protester. J'avais vu la manière dont elle venait de descendre son partenaire, et je ne tenais pas à me bagarrer avec une femelle de ce calibre-là. Je me préparais à descendre, mais elle m'a accroché par le bras.

— Pas la peine. Je vais passer sur vous. Poussez-vous.

Elle s'est assise sur mes genoux, et elle s'est glissée à ma gauche. Elle était ferme comme un quartier de frigo, mais pas la même température.

Elle s'est rendu compte que ça me faisait quelque chose, et elle s'est mise à rigoler, mais sans méchanceté. Elle avait l'air presque contente. Quand elle a mis en marche, j'ai cru que la boîte de vitesses de mon vieux machin allait éclater, et on a été renfoncés de vingt centimètres dans nos sièges tellement elle démarrait brutalement.

On arrivait du côté du Bronx après avoir traversé

Harlem River, et elle appuyait sur le machin à tout démolir. Quand j'étais mobilisé j'ai vu des types conduire en France, et ils savaient amocher une bagnole, mais ils ne la massacraient pas le quart de cette gonzesse en pantalons. Les Français sont seulement dangereux. Elle, c'était une catastrophe. Toujours, je ne disais rien.

Oh, ça vous fait rigoler, parce que vous pensez qu'avec ma taille et mes muscles j'aurais pu venir à bout d'une femelle. Vous ne l'auriez pas fait non plus après avoir vu la bouche de cette fille et l'aspect que sa figure avait dans cette voiture. Blanche comme un cadavre, et ce trou noir. Je la regardais de côté et je ne disais rien, et je surveillais en même temps. J'aurais pas voulu qu'un flic nous repère à deux devant.

Vous ne le penseriez pas, je vous dis, dans une ville comme New York, le peu de monde qu'il peut y avoir dans ces quartiers-là après une certaine heure. Elle tournait tout le temps dans n'importe quelle rue. On roulait des blocks[1] entiers sans voir un chat, et puis on apercevait un ou deux types, un clochard, une femme quelquefois, des gens qui revenaient de leur travail ; il y a des magasins qui ne ferment pas avant une ou deux heures du matin, ou pas du tout même. Chaque fois qu'elle voyait un type sur le trottoir de droite, elle tripotait le volant et venait passer au ras du trottoir, le plus près possible du type et elle ralentissait un peu, et puis elle donnait un coup d'accélérateur juste au moment de passer devant lui. Je ne disais toujours rien, mais la quatrième fois qu'elle l'a fait, je lui ai demandé.

— Pourquoi faites-vous ça ?

— Je suppose que ça m'amuse, dit-elle.

---

1. Voir p. 79, n. 1.

Je n'ai rien répondu. Elle m'a regardé. J'aimais pas qu'elle me regarde en conduisant et malgré moi, ma main est venue maintenir le volant et elle m'a donné un coup sur la main, avec son poing droit, sans avoir l'air. Elle tapait comme un cheval. J'ai juré, et elle a rigolé de nouveau.

— Ils sont tellement marrants quand ils sautent en l'air au moment où ils entendent le bruit du moteur.

Elle avait sûrement vu le chien qui traversait et je me préparais à m'accrocher à quelque chose pour encaisser le coup de frein, mais, au lieu de ralentir, elle a accéléré et j'ai entendu le bruit sourd sur l'avant de la bagnole et j'ai senti le choc.

— Mince, j'ai dit. Vous y allez fort. Un chien comme ça, ça a dû arranger la bagnole...

— Ta gueule...

Elle avait l'air dans le cirage. Elle avait les yeux vagues et la bagnole n'allait plus très droit. Deux blocks plus loin elle s'est arrêtée contre le trottoir.

Je voulais descendre, voir si ça n'avait pas esquinté la grille du radiateur, et elle m'a accroché par le bras. Elle respirait en soufflant comme un cheval.

— En quoi tu es fait, hein ? elle m'a dit.

Sa figure à ce moment-là... Je ne peux pas oublier sa figure. Voir une femme dans cet état-là quand on l'a mise soi-même dans cet état-là, ça va, c'est bien... mais être à des kilomètres de penser à ça et la voir comme ça tout d'un coup. Elle ne bougeait plus, et elle me serrait le poignet de toute sa force, elle bavait un peu, les coins de sa bouche étaient humides. J'ai regardé dehors. Je ne sais pas où on était, il n'y avait personne. Son froc, il se défaisait d'un seul coup avec une fermeture éclair. Dans une bagnole, d'habitude, on reste sur sa faim, mais,

Boris au volant de sa Richard Brazier 1911.

malgré ça, j'oublierai pas cette fois-là. Même quand les gars m'auront rasé la tête demain matin.

Un peu après, je l'ai fait repasser à droite et j'ai repris le volant, et elle m'a fait arrêter la bagnole presque tout de suite. Elle s'était rafistolée tant bien que mal en jurant comme un Suédois, et elle est descendue pour s'installer derrière. Et puis elle m'a donné l'adresse d'une boîte de nuit où elle devait aller chanter et j'ai essayé de me rendre compte de l'endroit où on était. J'étais vague comme quand on se lève après un mois de clinique, mais j'ai réussi à me tenir quand même debout en descendant à mon tour. Je voulais voir le devant de la bagnole. Il n'y avait rien. Juste une tache de sang allongée par le vent de la vitesse, sur l'aile droite. Ça pouvait être n'importe quelle tache.

Le plus rapide, c'était de faire demi-tour et de revenir par le même chemin.

Je la voyais dans le rétroviseur, elle guettait par la vitre et quand j'ai aperçu le tas noir de la charogne sur le trottoir, je l'ai entendue, de nouveau elle respirait plus fort. Le chien remuait encore un peu, la bagnole avait dû lui casser les reins et il s'était traîné sur le bord. J'avais envie de vomir et j'étais faible, et elle a commencé à rire derrière moi, elle voyait que j'étais malade, et elle s'est mise à m'injurier tout bas ; elle me disait des choses terribles et j'aurais pu la prendre et recommencer là, dans la rue.

Vous autres, les gars, je ne sais pas en quoi vous êtes faits, mais quand je l'ai eu ramenée dans cette boîte où elle devait en pousser une, j'ai pas pu rester dehors à l'attendre, je suis reparti aussi sec. Il fallait que je rentre chez moi. Il fallait que je me couche. Vivre seul, c'est pas très marrant tous les jours, mais mince, heureusement que j'étais seul ce soir-là. Je me suis même pas déshabillé et j'ai bu quelque chose que j'avais, et je me suis mis sur mon pieu, j'étais vidé. Mince, j'étais salement vidé.

Et puis le lendemain soir, j'y étais de nouveau, et je l'attendais, droit devant. J'ai baissé le drapeau et je suis sorti faire trois pas sur le trottoir. Ça grouille dans ce coin-là. Je ne pouvais pas rester. Je l'attendis quand même. Elle est sortie, toujours à la même heure. Régulière comme une pendule, cette fille. Elle m'a vu tout de suite. Elle m'a bien reconnu. Ses deux types la suivaient comme d'habitude. Elle a rigolé de sa manière habituelle. Je ne sais pas comment vous dire ça ; moi, la voir comme ça, j'étais plus les deux pieds sur la terre. Elle a ouvert la porte du taxi et ils se sont mis dedans tous les trois. Ça m'a suffoqué, je ne m'attendais pas à ça. Idiot, je me suis dit. Tu comprends pas qu'une fille comme ça, c'est tout en caprices. Un soir, tu es bon, et puis le lendemain, tu es chauffeur de taxi. Tu es n'importe qui.

Tu parles. N'importe qui. Je conduisais comme une noix et j'ai failli emboutir le cul d'une grosse bagnole juste devant. Je râlais, sûr. J'étais mauvais et tout. Derrière moi, ils se marraient tous les trois. Elle racontait des histoires avec sa voix d'homme, sa voix, bon sang, on aurait dit qu'elle la sortait de sa gorge à rebrousse-poil et ça vous faisait exactement l'effet d'une bonne cuite.

Sitôt que je suis arrivé, elle est descendue la première ; les deux types n'ont même pas insisté pour payer. Ils la connaissaient aussi. Ils sont entrés et elle s'est penchée à la portière et m'a caressé la joue comme si j'étais un bébé ; et j'ai pris sa monnaie. J'avais pas envie d'avoir des histoires avec elle. J'allais dire quelque chose. Je cherchais quoi. Elle a parlé la première.

— Tu m'attends ? elle m'a dit.

— Où ?

— Ici. Je sors dans un quart d'heure.

— Seule ?

Mince. J'étais gonflé. J'aurais voulu retirer ça, j'ai rien pu retirer du tout et elle m'a attrapé la joue avec ses ongles.

— Voyez-vous ça ? elle a dit. Elle rigolait encore. Moi je ne me rendais pas compte. Elle m'a lâché tout de suite. J'ai touché ma joue. Je saignais.

— C'est rien ! elle a dit. Ça ne saignera plus quand je ressortirai. Tu m'attends, hein ! Ici.

Elle est entrée dans la boîte. J'ai tâché de voir dans le rétroviseur. J'avais trois marques en croissant sur la joue ; une quatrième plus grande en face — son pouce. Ça ne saignait pas fort. Je ne sentais rien.

Alors j'ai attendu. Ce soir-là, on n'a rien tué. Un mauvais jour. Je n'ai rien eu non plus.

Elle ne faisait pas ce truc-là depuis longtemps, je pense. Elle ne parlait pas beaucoup et je ne savais rien d'elle. Moi, maintenant, je vivais en veilleuse pendant la journée et le soir, je prenais le vieux tacot et je filais la chercher. Elle ne s'asseyait plus à côté de moi ; ça aurait été trop bête de se faire poirer[1] à cause de ça. Je descendais et elle prenait ma place, et au moins deux ou trois fois par semaine on réussissait à avoir des chiens ou des chats.

Je crois qu'elle a commencé à vouloir autre chose vers le deuxième mois qu'on se voyait.

Ça ne lui faisait plus le même effet que les premières fois et je pense que l'idée lui est venue de chercher un gibier plus important. Je ne peux pas

---

1. Voir p. 51, n. 3.

vous dire autre chose, moi je trouvais ça naturel...
elle ne réagissait plus comme avant et je voulais
aussi qu'elle redevienne comme avant. Je sais, vous
pouvez dire que je suis un monstre. Vous n'avez pas
connu cette fille-là. Tuer un chien ou tuer un gosse,
je l'aurais fait pareil pour cette fille-là. Alors on a
tué une fille de quinze ans ; elle se baladait avec son
copain, un marin. Elle revenait du parc d'attractions.
Mais je vais vous raconter.

Slacks était terrible, ce soir-là. Sitôt qu'elle est
montée, j'ai vu qu'elle voulait quelque chose. J'ai
su qu'il fallait rouler toute la nuit au besoin, mais
trouver quelque chose.

Mince, ça s'annonçait mal. J'ai filé directement
sur Queensborough Bridge et de là sur les autostrades de ceinture[1], et jamais j'avais vu tant de
bagnoles et pas de piétons. C'est normal, vous me
direz, sur les autostrades. Mais je sentais pas ça, ce
soir. J'étais pas dans le bain. On a roulé des kilomètres. On a fait tout le tour et on s'est retrouvés en
plein à Coney Island[2]. Slacks avait pris le volant
depuis déjà un moment. Moi, j'étais derrière et je
me tenais dans les virages. Elle avait l'air cinglée.
J'attendais. Comme d'habitude. J'étais en veilleuse,
je vous dis. Je me réveillais au moment où elle passait me retrouver derrière. Mince. Je ne veux pas y
penser.

Ça a été simple. Elle a commencé à zigzaguer de
la 24e Ouest à la 23e et elle les a vus. Ils s'amusaient,

---

1. Terme inattendu pour désigner à New York les voies rapides,
ou *expressways*.   2. Située à l'extrémité sud de Brooklyn, Coney
Island est un célèbre lieu de villégiature pour les New-Yorkais qui
ne peuvent se permettre des destinations plus exotiques. Véritable
station balnéaire, avec plages et promenade en bois le long de
l'Océan, le site comprend un imposant parc d'attractions avec mon-
tagnes russes et grande roue, et s'enorgueillissait, à l'époque, d'une
tour à parachutes de 75 m de hauteur.

lui à marcher sur le trottoir et elle à côté, dans la rue, pour paraître encore plus petite. C'était un grand gars, un beau gars. La fille, de dos, elle était toute jeune, les cheveux blonds, une petite robe. Il ne faisait pas trop clair. J'ai vu les mains de Slacks sur le volant. La garce. Elle savait conduire. Elle a foncé dans le tas et elle a accroché la fille à la hanche. Alors j'ai eu l'impression que j'étais en train de crever. J'ai pu me retourner, elle était par terre, un tas inerte, et le type hurlait en courant derrière nous. Et puis j'ai vu déboucher une voiture verte, une des vieilles de la police.

Slacks, je sais pas ce qu'elle faisait. Elle ne se rendait plus compte. Mais on ne pouvait plus s'arrêter. Filer de là.

— Plus vite ! je lui ai gueulé.

Elle m'a regardé une seconde, et on a failli rentrer dans le trottoir.

— Fonce, fonce !...

Je sais ce que j'ai loupé à ce moment-là, je sais. Je ne voyais plus que son dos, mais je sais ce que ça aurait été. C'est pour ça que je m'en fous, vous comprenez. C'est pour ça que les gars peuvent bien me raser le caillou demain. Et puis, ils pourraient me faire une frange, histoire de rigoler, ou me peindre en vert, comme la voiture de la police, je m'en tape, vous comprenez.

Slacks fonçait. Elle s'est débrouillée et on s'est retrouvés sur Surf Avenue. Ce vieux tacot faisait un bruit à hurler. Derrière, celui de la police devait commencer à nous prendre en chasse.

On a rejoint une rampe d'accès à l'autostrade. Plus de feux rouges. Mince. J'aurais eu une autre bagnole. Tout s'en mêlait. Et l'autre qui rampait derrière. Une course d'escargots. C'était à s'arracher les ongles avec les dents.

Slacks mettait tout ce que ça pouvait. Et je voyais toujours son dos, et je savais de quoi elle avait envie, et ça me travaillait autant qu'elle. J'ai gueulé « Fonce ! » encore une fois, et elle a continué, et puis elle s'est retournée une seconde et un autre gars s'amenait par une rampe. Elle ne l'a pas vu. Il arrivait à notre droite, il faisait au moins 75 à l'heure[1]. J'ai vu l'arbre et je me suis mis en boule, mais elle n'a pas bougé, et quand ils m'ont ressorti de là, je gueulais comme une bête, mais Slacks ne bougeait toujours pas. Le volant lui avait défoncé la poitrine. Ils l'ont sortie de là, avec du mal, en tirant sur ses mains blanches. Aussi blanches que sa figure. Elle bavait encore un peu. Elle avait les yeux ouverts. Je ne pouvais pas bouger non plus, à cause de ma patte qui s'était repliée dans le mauvais sens, mais je leur ai demandé de l'amener près de moi. Alors, j'ai vu ses yeux. Et puis je l'ai vue, elle. Elle avait du sang partout, elle ruisselait de sang. Sauf sa figure.

Ils ont écarté son manteau de fourrure et ils ont vu qu'elle ne portait rien en dessous, que ses slacks. La chair blanche de ses hanches paraissait neutre et morte à la lueur des réflecteurs à vapeur de sodium qui éclairaient la route. Sa fermeture éclair était déjà défaite quand nous étions rentrés dans l'arbre.

---

1. Miles évidemment, soit environ 120 km/h.

REPÈRES BIOGRAPHIQUES

1920 10 mars : naissance à Ville-d'Avray (alors Seine-et-Oise, aujourd'hui Hauts-de-Seine) de Boris Paul Vian, fils de Paul Vian et d'Yvonne Ravenez. Il a un frère aîné, Lélio, né en 1918, et aura un cadet, Alain, en 1921, et une sœur, Ninon, en 1924.

1927(?)-1932 Petites classes au lycée de Sèvres (Hauts-de-Seine).

1929 La situation financière des Vian se détériore gravement.

1932 Début de rhumatisme cardiaque. En 1935, une typhoïde mal traitée.

1932-1936 Lycée Hoche à Versailles : classes de troisième, seconde A, première A et philosophie ; interruptions de scolarité dues à la maladie. En 1935, première partie du baccalauréat (fin de classe de première) avec options latin et grec.

1936-1937 Lycée Condorcet à Paris. Baccalauréat final A-philosophie, avec option mathématiques.

1937-1938 Boris s'intéresse au jazz, joue de la trompette et adhère au Hot Club de France.

1937-1939 Lycée Condorcet à Paris, classes de mathématiques supérieures et mathématiques spéciales.

1939 Succès au concours d'entrée de l'École cen-

ACADÉMIE DE PARIS

LYCÉE HOCHE
VERSAILLES

CARNET
DE
CORRESPONDANCE
APPARTENANT

à l'Élève *Vian Boris*

de la classe de *3ème A*

Année 1932 -1933

Notes données le 3 0 NOV 1932

	CLASSE	ÉTUDE
Conduite......	16	
Application	15	
Devoirs........	15	
Leçons.........	16	

Composition en Français

2 Version Latine

Notes : $13\frac{1}{2}$ Place : 3 sur elèves
        14   8

OBSERVATIONS

Signature des Parents :

J Vian

trale des arts et manufactures. Concert de Duke
Ellington à Paris. Vacances à Saint-Jean-de-Monts
(Vendée). Vian n'est pas mobilisé par suite de ses
troubles cardiaques. Le 6 novembre, il rejoint
l'École centrale évacuée à Angoulême (Charente).

1940 Juin : il retrouve ses parents à Capbreton
(Landes). Juillet : rencontre de Michelle Léglise et
de Jacques Loustalot, dit « le Major ». Le
28 octobre, reprise des cours à Paris.

1941 3 et 5 juillet : mariage civil puis religieux
avec Michelle Léglise. Il écrit les premiers des *Cent
Sonnets*.

1942 Vian entre dans l'orchestre de jazz amateur
de Claude Abadie, avec lequel il participera à de
nombreux tournois et concerts, surtout à la Libération. Le 12 avril naît son premier enfant, Patrick.
Juillet-août : diplôme d'ingénieur des arts et manufactures, spécialité « métallurgie ». Vian entre à
l'Association française de normalisation (Afnor), où
il restera jusqu'en février 1946.

1942-1943 Composition de *Conte de fées à
l'usage des moyennes personnes* et de *Trouble dans
les andains*. Premiers projets de scénarios cinématographiques. Fin 1943, il commence son premier
roman, *Vercoquin et le plancton*, qui sera accepté
par Gallimard en mai 1945, grâce à l'appui de Ray-
mond Queneau.

1944 Premières chansons. Août : Michelle et
Boris, à Ville-d'Avray lors de la libération de Paris,
accueillent les premiers G.I.'s. Le 22 novembre, son
père Paul est assassiné dans des circonstances
troubles à Ville-d'Avray.

1944-1945 Nombreux contacts et relations avec

les soldats américains. Il joue du jazz pour le *Special Service*. (Voir la nouvelle *Martin m'a téléphoné...* qui en relate un épisode.)

1945-1946 17 novembre : triomphe de l'orchestre Abadie-Vian au premier Tournoi international amateur de Bruxelles. Plusieurs de ses nouvelles sont réunies dans le recueil *Les Fourmis* et il rédige des chroniques pour *Les Amis des Arts*.

1946 Vian fait la connaissance de Sartre et Beauvoir. En février, il entre à l'Office du papier. En mars, l'orchestre Abadie-Vian reçoit le Grand Prix au 9ᵉ Tournoi des amateurs, salle Pleyel à Paris. Termine vraisemblablement le manuscrit de *L'Écume des jours*. Mai-juin : un article dans *Jazz-Hot* et la nouvelle « Les Fourmis » ainsi qu'une « Chronique du menteur » dans *Les Temps modernes*. Juin : candidat malheureux au prix de la Pléiade avec *L'Écume des jours*. Du 5 au 20 août, il écrit *J'irai cracher sur vos tombes*. Septembre-novembre : composition de *L'Automne à Pékin* (1ʳᵉ version). Novembre : publication de *J'irai cracher sur vos tombes* sous le pseudonyme de Vernon Sullivan ; c'est le premier livre publié de Vian et le best-seller de 1947 en France.

1947 Janvier : publication de *Vercoquin et le plancton*. 7 février : plainte l :gale contre Vernon Sullivan. Vian prépare le faux « original » américain *I Shall Spit on Your Graves* (« Je cracherai sur vos tombes »). 16 avril : publication de *L'Écume des jours*. Avril : termine sa première vraie pièce de théâtre, *L'Équarrissage pour tous*. Juin : trompette au Tabou. Août : Vian quitte l'Office du papier et la carrière d'ingénieur. Automne : publication de *L'Automne à Pékin* et de *Les morts ont tous la même* *peau*. Décembre : début d'une revue de presse dans *Jazz-Hot*.

1948 Premier recueil de poèmes publié, *Barnum's Digest*. 7 janvier : mort accidentelle du Major, son meilleur ami. 16 avril : naissance de son second enfant, Carole. 22 avril : première de l'adaptation théâtrale de *J'irai cracher sur vos tombes*. Jazz et conférences. 20 juin : publication de *Et on tuera tous les affreux*. Juillet : il accueille Duke Ellington à Paris. Août : début de rédaction de *L'Herbe rouge*. Deuxième plainte judiciaire — après amnistie — contre *J'irai cracher sur vos tombes*.

1949 28 janvier : Vian plaide pour Jean Cocteau au cours de l'émission radiophonique « Procès des pontifes ». 14 mai : publication de *Cantilènes en gelée* (poèmes). Juillet : publication des *Fourmis* (nouvelles). Amitié avec Miles Davis. 3 juillet : *J'irai cracher sur vos tombes* est interdit par arrêté ministériel. Été : période de crise morale, conjugale et financière.

1950 11 avril : première de *L'Équarrissage pour tous*. 29 avril-13 mai : procès de *J'irai cracher sur vos tombes* et *Les morts ont tous la même peau* : Vian est condamné pour outrage aux mœurs par la voie du livre. Mai : composition du *Manuel de Saint-Germain-des-Prés*. 8 juin : Vian rencontre Ursula Kübler, danseuse du Ballet Roland-Petit. Été : publication de *L'Équarrissage pour tous, Le Dernier des métiers, L'Herbe rouge, Elles se rendent pas compte* ; la diffusion de ces ouvrages est quasi nulle.

1951 Vian cesse de jouer de la trompette, peu à peu délaissée depuis 1949. Composition de textes de théâtre (*Le Goûter des généraux, Tête de méduse*, nombreux petits spectacles de cabaret) et de chansons. Composition de *L'Arrache-cœur*. Vie commune avec Ursula Kübler. Membre du Club des Savanturiers, fanatiques de science-fiction.

1951-1953 Nombreuses traductions, parfois alimentaires : James M. Cain, August Strindberg (*Mademoiselle Julie*), Omar N. Bradley, A. E. Van Vogt, Frank M. Robinson, Ray Bradbury.

1951-1954 Composition de fragments du *Traité de civisme*, en partie dirigé contre Sartre et *Les Temps modernes*.

1952 Juin : Vian est nommé « équarrisseur de 1re classe » par le Collège de 'Pataphysique. Septembre : divorce de Michelle et Boris Vian, aux torts de ce dernier.

1952-1953 Plusieurs articles pour la revue de poche *Constellation*.

1953 Boris Vian et Ursula emménagent 6 bis, cité Véron (XVIIIe arr^t), dont ils partagent la terrasse avec Jacques et Janine Prévert. 15 janvier : publication du dernier roman de Vian, *L'Arrache-cœur*, sans aucun succès. 11 mai : Vian devient l'un des hauts dignitaires du Collège de 'Pataphysique. 1er-17 août : l'opéra *Le Chevalier de Neige* est représenté au Festival de Normandie à Caen ; c'est un succès retentissant. Octobre : amnistie qui annule le verdict touchant les œuvres de Vernon Sullivan. Projet de film pour *J'irai cracher sur vos tombes*.

1954 Nombreuses petites pièces de théâtre et scénarios. 8 février : deuxième mariage avec Ursula Kübler. Février-avril : composition (paroles et musique) du « tube » *Le Déserteur*.

1955 Début d'une très importante production de chansons. 4 janvier : Vian commence son propre tour de chant aux Trois-Baudets. Avril-juin : enregistre ses *Chansons possibles et impossibles*. 22 juillet : début d'une tournée en province, puis, en septembre, reprise de son tour de chant parisien.

1956 Emploi partiel mais régulier chez Philips (disques de jazz). Publication d'une version remaniée de *L'Automne à Pékin*. Une émission de la série radiophonique « La Bride sur le cou ». 29 mars : interrompt définitivement son tour de chant, mais continue la composition ou la traduction-adaptation de chansons. 20 juillet : grave crise d'œdème pulmonaire.

1957 1ᵉʳ janvier : devient employé à plein temps chez Philips : directeur artistique-adjoint pour le jazz et les variétés. Été : composition des *Bâtisseurs d'empire*. Septembre : nouvelle crise d'œdème.

1958 Publication d'*En avant la zizique...* ; fin de la revue de presse pour *Jazz-Hot*. Mai : passe de Philips à Fontana, directeur artistique. 3 octobre : création à Berlin de *Fiesta*, opéra de Darius Milhaud et Boris Vian. 26 octobre : conférence aux Beaux-Arts de Paris sur « Architecture et science-fiction ». 29 décembre : Vian termine un de ses derniers écrits importants — destiné au Collège de ʼPataphysique —, sa « Lettre à Sa Magnificence le Vice-Curateur Baron sur les truqueurs de la guerre ».

1958-1959 Petits rôles cinématographiques. Démêlés avec le réalisateur du film *J'irai cracher sur vos tombes*. Reprise de collaboration à la revue *Constellation*.

1959 Publication des *Bâtisseurs d'empire* par le Collège de ʼPataphysique. 1ᵉʳ avril : directeur artistique des disques Barclay. 25 mai : émission radiophonique sur le Collège de ʼPataphysique. 11 juin :

Vian et Prévert organisent la cérémonie de l'Accla-
mation solennelle de Sa Magnificence le nouveau
Chef du Collège de'Pataphysique. Le mardi 23 juin
au matin, Vian assiste à une projection privée du
film *J'irai cracher sur vos tombes*, réalisé en grande
partie contre son gré ; après dix minutes de projection, il tombe en syncope dans son fauteuil : œdème
et crise cardiaque. L'enterrement a lieu à Ville-
d'Avray.

BIBLIOGRAPHIE

L'œuvre intégrale de Boris Vian est disponible au Livre de Poche (série générale et un volume de La Pochothèque), et en édition critique à la Librairie Arthème Fayard.

Critique (ouvrages essentiels)

ARNAUD, Noël, *Les Vies parallèles de Boris Vian*, Christian Bourgois et Le Livre de Poche, 1981.

BENS, Jacques, *Boris Vian*, Bordas, 1976.

Boris Vian de A à Z, numéro 8-9 de la revue *Obliques*, 1976, sous la direction de Noël Arnaud.

Boris Vian, Colloque de Cerisy, UGE, 1977 (2 tomes), sous la direction de Noël Arnaud et Henri Baudin.

LAPPRAND, Marc, *Boris Vian la vie contre*, Presses de l'Université d'Ottawa, et Nizet, 1993.

PESTUREAU, Gilbert, *Boris Vian, les amerlauds et les godons*, UGE, 1978.

PESTUREAU, Gilbert, *Dictionnaire Vian*, Christian Bourgois, 1985.

RYBALKA, Michel, *Boris Vian, essai d'interprétation et de documentation*, Minard, 1984.

TÉNOT, Frank, *Boris Vian, jazz à Saint-Germain*,

Éditions du Layeur, 1999 (avec un CD contenant des enregistrements du groupe Abadie-Vian).

Ouvrages iconographiques

VIAN, Boris, *Manuel de Saint-Germain-des-Prés*, Jean-Jacques Pauvert, 1997.

Images de Boris Vian, Pierre Horay éditeur, 1978. Établi par Noël Arnaud, d'Déé et Ursula Kübler.

Boris Vian : Vérité et légendes, Éditions du Chêne, 1999. Texte de Frédéric Richaud.

DISCOGRAPHIE

Album Collection 2001, Jacques Canetti.

Boris Vian chante Boris Vian, Polygram-Universal.

TABLE

Vian

L'écume des jours

Le Livre de Poche

Texte intégral

BORIS **Vian**

J'irai cracher
sur vos tombes

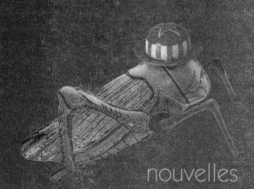

Vian

Le loup-garou
et autres nouvelles

Texte intégral

Composition réalisée par NORD COMPO

Imprimé en France sur Presse Offset par

BRODARD & TAUPIN

GROUPE CPI

La Flèche (Sarthe).
N° d'imprimeur : 26188 – Dépôt légal Éditeur : 52183-03/2005
Édition 03
LIBRAIRIE GÉNÉRALE FRANÇAISE – 31, rue de Fleurus – 75278 Paris cedex 06.
ISBN : 2 - 253 - 19310 - 0

31/9310/9